Gottes Krokodil II

Es kam, sah und hatte Hunger

Autor:	© Jürgen Rupprecht
Lektor:	Veronika Moosbuchner
Verlag:	BoD · Books on Demand GmbH, In de Tarpen 42, 22848 Norderstedt, bod@bod.de
Druck:	Libri Plureos GmbH, Friedensallee 273, 22763 Hamburg
ISBN:	978-3-7693-5280-1

Prolog

In der angesagtesten Musikbar in Berlin saßen zwei in die Jahre gekommene Altrocker zusammen: Gott und Satan. Die Freunde tranken Bier und stritten lautstark über die aktuellen Songs in den Charts. Früher, als sie die Geschicke der Welt noch geleitet hatten, hätten sie ein Großteil davon verhindert. Klar waren auch da Fehler passiert: Modern Talking zum Beispiel. Aber einiges war der Menschheit erspart geblieben.

Trotz allem, viel war in dem Jahr nicht passiert, seit die beiden von mir, dem fast allwissenden Erzähler und meinen Freunden ihrer Macht beraubt worden waren. Es war nicht einmal der Kirche aufgefallen, dass die zwei einzigen Rechtfertigungen für ihre Existenz fehlten, zumindest die hätten es nun wirklich merken müssen. Da wir des lieben Friedens willen auf diese Ämter verzichteten, waren die Posten von Gott, Satan und Tod nicht besetzt. Um es kurz zu machen: Es merkte keine Sau. Aus Feinden wurden Freunde und so hatten wir alle zusammen diese Bar eröffnet.

Es gab aber Anzeichen dafür, dass es Gott nicht mehr gab. Ein Beispiel: das Radioprogramm. Es lief nur noch Mist oder dieser reiche alte Sack mit dem Eichhörnchenschwanz auf dem Kopf. Glauben Sie, wenn es einen Gott gäbe, wäre der als Präsidentschaftskandidat der Republikaner gewählt worden? Okay, dies passierte in den USA, möglich dass er es trotz Gott geschafft hätte.

Ich kam zu den beiden an den Tisch und setzte mich dazu. Mein Bier hatte ich mir redlich verdient. „Und was haltet ihr von denen?" Ich zeigte genervt zur Bühne, wo meiner Meinung nach eine der schlechtesten Musikgruppen, die in den letzten Wochen bei uns aufgetreten war, ihre Instrumente missbrauchte.

„Queen, fürchterlich", stimmte mir Satan zu. „Und wie der Sänger rumläuft … die haben keine große Zukunft."

Langsam lehrte sich der Gastraum, die letzte Band hatte vor fast einer Stunde aufgehört zu spielen. Kurz darauf setzten sich auch Jens und Rainer zu uns.

„Es hätte ruhig einer von euch an der Bar übernehmen können. Das lange Stehen … Ich spüre meine Beine nicht mehr!", beschwerte sich Rainer.

„Alter, der macht immer ein Drama, wenn er einmal was arbeiten muss", kommentierte Gott das Gehörte, ohne von seinem Bier aufzusehen.

Jens hatte sein Smartphone in der Hand. Ich war mir nicht sicher, ob er chattete oder Pokémon jagte. Hier saß nun fast die Besetzung, die vor nicht mal zwölf Monaten um Herrschaft über die Welt gekämpft hatten. Unser wichtigster Trumpf, ohne den wir nie gewonnen hätten, fehlte jedoch: Rudolph, das sprechende Riesenkrokodil. Er hatte zurück in seine Welt gehen müssen.

Mein letzter Stand war, dass er wohl bei einer Klassenfahrt zu tief ins Glas geschaut hatte und mit einer Alkoholvergiftung ins Krankenhaus gekommen war. Rudolphs Vater hatte den Lehrer gefressen und Rudi Hausarrest gegeben.

Auch fehlte der Tod. Sie war entschuldigt, sie war schwanger. Wer sich nun fragt, wie der Knochenmann mit Sense ein Kind bekommen kann, muss wissen, dass dieses Bild nicht die Wahrheit widerspiegelt. Der Tod ist eine sexy Blondine, die fast perfekt ist, bis auf eine kleine Schwäche: Sie liebt die Menschen. Ja, und sie war wieder mit Satan zusammen.

Fast dreihundert Jahre nach ihrer Scheidung war ihre Liebe neu entflammt. Dieser Umstand hatte unseren guten Rainer in eine tiefe Depression gestürzt, was dazu führte, dass er sich dauernd verrechnete. Da er für unsere Kasse zuständig war, konnte man die Situation als suboptimal bezeichnen. Aber rechnen konnte er schon ohne Depression nicht und so merkte keiner, dass er mies drauf war. Ich auch nur, weil wir uns ewig kannten und er etwas gequält schaute, wenn der Tod im Raum war.

Ich muss zugeben, dass es mich irritierte, dass er sich zum Tod hingezogen fühlte, das kannte man sonst nur von Gothiks oder Emos. In diesem Moment stach mich eine Stechmücke.

„Was hast du dir eigentlich dabei gedacht, diese Drecksviecher auf die Erde zu bringen?", fuhr ich Gott an.

„Was kann ich dafür?", antwortete er verärgert.

„Erinnerst du dich … Bibel? An ich weiß nicht welchem Tag schufst du Mücken, Schnacken und sonstiges Getier", versuchte ich sein Gedächtnis in Schwung zu bringen.

„Das Geschreibsel kannst du getrost vergessen, das waren Hobbyschreiber wie du. Klar deren Buch wird öfter gekauft und gelesen. Sonst kaum ein Unterschied."

Kurz überlegte ich, Gott in den Arsch zu treten, machte mich dann aber doch beleidigt auf den Weg nach Hause.

Vor der Tür urinierte ich noch in den Kühlergrill von Gottes Luxusschlitten. Tropfen für Tropfen merkte ich, wie es mir besser ging. Wäre ich nicht beleidigt abgezogen, hätte ich erfahren, dass es doch einen guten Grund gab, warum es dieses blutsaugende Ungeziefer existierte.

In dieser Nacht konnte der Tod nicht schlafen. Ihre Gedanken kreisten um das Klassentreffen und ihr Wiedersehen mit Donald. Er war schon zu ihrer Schulzeit ein arrogantes und selbstherrliches Arschloch gewesen, der nie seine Hände bei sich lassen konnte. Sein Charakter hatte sich in den Jahrmillionen nicht zum Positiven verändert. Diese Zusammenkünfte waren für sie die pure Hölle. Ständig lag er ihr in den Ohren, was er schon alles erreicht hatte: ein Sternensystem mit gut zwei Dutzend Zivilisationen, die alle weit höher entwickelt waren als ihre Menschen. Seine Paradestücke hatten inzwischen den Heimatplaneten verlassen und lebten in riesigen Raumstationen im All. Die Menschen, so lästerte er an diesem Wochenende das ein oder andere Mal, hatten es gerade mal gepackt, einen Stofffetzen am Stab auf den Mond zu platzieren. Kunststück! Er hatte gut reden, er hatte groß geerbt, sie musste mit dem jämmerlichen Sonnensystem hier auskommen.

Im Laufe des Abends hatte er sie so lang provoziert, bis sie sich auf einen Wettstreit mit ihm eingelassen hatte: seine am wenigsten entwickelte Zivilisation gegen die Menschheit. Sie machte sich große Vorwürfe. Warum hatte sie nur zugestimmt? Dazu kam, dass Donald ein echt schlechter Verlierer war und zu seinen weiteren negativen Charakterzügen gehörten Jähzorn und Rachsucht. Beim letzten Mal, als sie so dumm gewesen war, mit ihm zu wetten, hatte er, als er am Verlieren war, kurzerhand einen Meteor auf die Erde geschleudert. Die Arbeit von Jahrtausenden war auf einmal vernichtet worden. Zugegeben, diese Dinosaurier waren eine Sackgasse gewesen, aus denen wäre nie was geworden.

Sie weckte sanft Satan. Er musste gleich Morgen eine Truppe aufstellen, die die Invasion von Donalds Volk verhindern würde. Natürlich mussten sie auch Rudolph und seine Freunde mit ins Boot holen. Wie schlagkräftig diese jedoch ohne Rudolph sein würden, war unklar.

01

Horst Kowalski lenkte seinen Vierzigtonner auf der A6 in Richtung Karlsruhe. Er achtete nicht viel auf die Straße, der Bildschirm seines Laptops forderte alle Aufmerksamkeit, die er erübrigen konnte. Motorisch war es natürlich eine ehrenwerte Leistung. Er konnte LKW fahren, sich nackte Männer im Internet anschauen und sich dabei noch lustvoll sein erigiertes Glied reiben. Horst bezweifelte, dass seine Frau stolz auf diese Multitasking-Meisterleistung wäre, aber ihr konnte er eh nie etwas recht machen. Dann passierten mehrere Dinge gleichzeitig, die sein Leben für immer verändern sollten.

Seine Frau Gaby rief an und lenkte seine Aufmerksamkeit von einem muskulösen Schwarzen auf die Freisprecheinrichtung am Display. Dann sah er den Campingbus auf der Überholspur, aus dem ihn ein lachender Polizist filmte. Wenn dies alles nicht schon schlimm genug gewesen war, sah er beim Blick auf die Autobahn vor sich plötzlich einen roten VW Polo stehen. Horst hatte noch die Hand am Penis, als er ungebremst in den Kleinwagen raste.

Als er im Krankenhaus aufwachte, hatte er viel Post. Obenauf lag eine Tageszeitung – die Titelseite zeigte sein Gesicht. Horst las auf der Titelseite: Schwuler Autobahn-Irrer tötet junge Familie.

Er holte die Zeitung zu sich. Unter der Schlagzeile sah man ein Foto, auf dem ein roter Schrotthaufen abgebildet war, wo – so vermutete er – mal ein Polo gewesen war. Horst brauchte nicht erst zu lesen was da über ihn stand, er warf das Blatt in den Müll.

Der erste Brief war von seinem Arbeitgeber, der ihm wenig einfühlsam mitteilte, dass er gefeuert sei. Das war zwar dumm, aber zu erwarten gewesen. Der zweite Brief kam von einem Anwaltsbüro. Horst war erleichtert. Bei dem ganzen Malheur brauchte er Hilfe und Gaby hatte sich offensichtlich schon um einen Rechtsbeistand für ihn gekümmert. Diese Einschätzung war jedoch nur zum Teil richtig. Seine Liebste hatte sich zwar an einen Anwalt gewandt, wollte allerdings die Scheidung einreichen.

Die Handschrift auf dem nächsten Umschlag kannte er: Es war die akkurate und schnörkellose Schrift seiner Mutter. Hier würde er endlich Trost und Mitgefühl erfahren. Wenn ihn auch alle im Stich ließen, sie nicht. Sie hatte geweint beim Schreiben, das konnte er an den verwischten Stellen sehen. Der Inhalt war auf eine Aussage kürzbar: Sie hatte keinen Sohn mehr.

Das Gekritzel, auf dem nächsten Brief, konnte er niemandem zuordnen. Es war seine Schwiegermutter, die mitteilte, dass sie Gaby schon immer vor ihm gewarnt hatte und er ihr nie mehr unter die Augen kommen sollte.

Gut, anscheinend kamen nun die besseren Nachrichten. Die letzte war vom Ordnungsamt, die ihn in Beamtendeutsch unterrichteten, dass sein Führerschein eingezogen sei.

Horst nahm die Fernbedienung vom Beistelltisch und wollte den Fernseher einschalten, doch auf dem Gerät erschien eine Meldung, dass die Benutzung 5 Euro pro Tag kostete und er sein Guthaben an der Kasse im Erdgeschoss aufladen könne. Er sah sich im Zimmer um. Seine Jeans lag zusammengelegt über dem Stuhl. Als er die nackten Beine unter der Decke hervorzog, bemerkte er ein Plastikband am Fußgelenk. Er zog sich die Hose an, prüfte, ob er Geld im Portmonee hatte und machte sich auf den Weg ins Erdgeschoss. Doch er kam nicht weit.

Als Horst durch die Tür ging, veranstaltete sein neues Schmuckstück am Knöchel eine Geräuschkulisse, dass sich alle zu ihm umdrehten.

Aus dem Schwesternzimmer stürmten zwei Polizisten.

„Stehen bleiben!", brüllte der erste Beamte. Im Vollsprint erreichte er Horst und schlug ihn im Lauf zu Boden.

Der zweite warf sich auf ihn und presste mit seinem Gewicht alle Luft aus Horsts Lunge. Natürlich war der langsamere der beiden gut doppelt so schwer. Kowalski schossen Tränen des Schmerzes in die Augen, er bekam keine

Luft und das, obwohl er nicht einmal versucht hatte, zu flüchten.

„Wo wollen wir denn hin?", fragte der Polizist, der sich gerade auf Horsts Rücken häuslich einrichten wollte.

„Will nur den Fernseher bezahlen", stammelte er.

„Sie müssen sich melden, wenn Sie das Zimmer verlassen wollen. Warum haben Sie das nicht getan?", fuhr ihn der stehende Beamte an, während er seinem Kollegen aufhalf.

„Tut mir leid. Hat mir niemand gesagt", verteidigte sich Kowalski, dem keiner vom Boden aufhalf.

Der ältere Polizist sprach nun zu seinem Kollegen. „Geh mit ihm runter zur Hauptkasse und pass mir auf die Schwuchtel gut auf. Wenn er flüchten will …" Weiter brauchte er nicht zu sprechen. Horst hörte das charakteristische Geräusch, als der Jüngere der beiden seine Dienstwaffe durchlud.

„Ich weiß", verkündete dieser mit fiesem Grinsen. „Dann fehlt noch einer beim CSD."

„Ich bin nicht schwul. Ich bin verheiratet", verteidigte sich Horst.

Als die Beamten aufhörten zu lachen, zog der jüngere sein Smartphone aus der Hosentasche und zeigte ihm ein YouTube Video. Er erkannte sich darauf, erkannte das Führerhaus seines Trucks. Ihm kam wieder der Campingbus auf der Überholspur in den Sinn … die lachenden Polizisten. Hatten die ihn gefilmt? Wahrscheinlich, sie brauchten ja einen Beweis, wenn sie ein Vergehen zur Anzeige bringen wollten. Und dann?

Horst schwirrte der Kopf und er sah wieder den Bildschirm seines Laptops. Man sah einen nackten Mann und was seine Hand tat konnte mit wenig Fantasie erahnen. Wäre dies nicht schlimm genug gewesen, erkannte er unter dem Video 10 Millionen Klicks. Horst wollte sterben.

Auf dem Weg zur Hauptkasse spürte er die Blicke aller, viele flüsterten oder lachten. Aber einige machten auch eindeutige Handbewegungen. Sein Ziel befand sich im Kiosk und Horst nutzte die Chance. Er fragte nach einem Seil oder einer Wäscheleine, aber dies hatten sie nicht im Sortiment.

Zurück in seinem Zimmer schaltete er erst mal das TV-Gerät ein. Das Erste, was er sah, war ein Video, auf dem er zu sehen war. Er schaltete wieder aus. Die 5 Euro hätte er auch aus dem Fenster werfen können.

Eine gute Idee, dachte er, *aus dem Fenster springen.* Horst öffnete es und sah Gitter davor. Aus dem Park blickten Personen zu ihm auf. Die meisten lachten, einige fotografierten ihn mit ihren Smartphones.

Er schloss das Fenster wieder. Es war frustrierend, nicht mal ein Selbstmord war in diesem beschissenen Krankenhaus möglich. Wahrscheinlich war er der Einzige, der hier keinen multiresistenten Keim abbekommen würde. Rasierklingen gab es im Badezimmer nicht, das Messer beim Abendessen war stumpf und aus Plastik.

Am Abend kam der Dicke der Polizisten und verkündete feierlich, dass er am Montag dem Haftrichter vorgeführt werden würde. Horst fragte sich, ob er selbst auf die Todesstrafe plädieren konnte.

02

Zu der Zeit, als Horst noch hoffte, einen Strick zum Erhängen im Krankenhauskiosk kaufen zu können, bekam Claudia Müller im Opel Autohaus in Ludwigshafen ihre neuen Wagenschlüssel.

Claudia war ein echter Augenschmaus: blond, blaue Augen, perfekte Figur und einen Riesenvorbau. Leider war die Brustvergrößerung so teuer gewesen, dass es nun nur noch für einen gebrauchten Kleinwagen gereicht hatte.

Sie war eine Traumfrau, bis sie den Mund aufmachte. Dies trieb erwachsenen Männern die Tränen in die Augen. Sie war so dumm, dass man ihr Absicht unterstellen musste, wenn sie wieder etwas verbockte, weil man so ungeschickt gar nicht sein konnte, wie sie sich anstellte. Claudia war mit einem Schwarzen aus Afrika zusammen, dessen großer Vorteil es war, dass er kein Wort Deutsch sprach, was das Zusammenleben mit der hübschen Frau Müller erträglich für ihn machte.

Sie fuhr mit ihrem neuen Corsa nach Mannheim. Die blinkende Tankanzeige ignorierte sie, bis es zu spät war. Sie blieb vor dem Landesgericht stehen und so kamen gleich Uniformierte, die ihr halfen, das Auto von der Straße zu schieben. Auch die Fehleranalyse übernahmen die freundlichen Beamten.

Kurz entschlossen nahm sie sich ihre Handtasche und lief zur Tankstelle in der Schwetzinger Vorstadt. In einem Mülleimer vorm Hauptbahnhof fand sie zwei 1,5 Liter PET Flaschen, die sie für den Transport des wertvollen Treibstoffs gut gebrauchen konnte. Als sie diese mit Benzin gefüllt hatte bemerkte sie, dass die Deckel fehlten. Sie suchte in ihrer Handtasche und fand Stofftücher, die sie in die Flaschenhälse stopfte. Dies war zwar nicht die perfekte Problemlösung, aber in ihrer Not musste das reichen.

Als die Blondine zurück am Landesgericht war, konnte sie es nicht fassen: Trotz all der Polizei, die auf dem Platz versammelt war, hatte jemand ihr Auto geklaut. Sie stand genau dort, wo ihr Kleinwagen noch vor einer Stunde gewesen war. Geschockt stellte sie ihre Flaschen vor die Schilder, die ihr hätten sagen sollen, dass hier absolutes Halteverbot angesagt war. Lesen war Claudia schon in der Schule zuwider gewesen. Die Warnung vor dem Abgeschleppen war circa 20 Zentimeter unter dem runden Schild angebracht.

Auf diesen Schock musste sie erst mal eine rauchen. Claudia fummelte eine Zigarette aus der Schachtel heraus und zitterte vor Aufregung so stark, dass es eine echte Leistung war, diese nicht zu zerbrechen.

Sie hatte gerade ihr Feuerzeug entflammt, als ein Polizist rief: „Fallen lassen!"

Claudia wandte sich zu der Stimme und sah, wie Uniformierte auf sie zu rannten und mit ihren Waffen auf sie zielten oder im Lauf ihren Schlagstock schwangen. Wie es auf die Beamten wirken musste, dass eine Blondine sich mit brennenden Gegenstand über zwei Flaschen beugte, aus der Stofftücher heraushingen, bedachte sie nicht.

Sie stand noch mit weit aufgerissenen Augen und brennendem Feuerzeug in der Hand auf dem Vorplatz und verstand nicht, warum Menschen in Panik wegrannten und Polizisten sie anbrüllten. In diesem Moment traf sie ein Schlagstock am Hinterkopf.

Ein Sicherheitsmitarbeiter war aus dem Gerichtsgebäude gestürmt und hatte die Terroristin todesmutig von hinten niedergeschlagen.

Claudia wachte in einem Auto auf, sie lag auf dem Rücken. Ein weiß gekleideter Mann sah auf sie hinab und sprach dann zu jemandem, der außerhalb ihres Blickfeldes lag. „Sie ist wach. Aber langsam, sie ist noch schwach und meine Patientin darf sich nicht aufregen."

„Ja, aber wir müssen wissen, ob eine Bombe platziert wurde."

Claudia verstand nur Bahnhof. Sie versuchte sich aufzurichten, aber ihre Hände waren am Bett fixiert und sie konnte sich nicht bewegen. Das alles war nicht wichtig. Was sie interessierte, war nur, wo ihr Auto abgeblieben war. In ihrem Gesichtsfeld tauchte ein Polizist auf. „Gibt es eine Bombe? Wo ist sie versteckt?"

Claudia registrierte gar nicht, was gesagt wurde, sie hatte nur einen Gedanken. „Mein Auto, wo ist mein …"

Weiter brauchte sie nicht zu stammeln, denn der Beamte hatte sich abgewandt und brüllte aufgeregt in sein Funkgerät: „Die Bombe ist im Auto!"

Claudia war schon lange ins Land der Träume abgetaucht, als ein Sondereinsatzkommando ihren Corsa auf dem Parkplatz eines Abschleppunternehmens sprengte. Sie würde am folgenden Montag dem Haftrichter entgegentreten.

03

Einen ähnlich schlechten Tag hatte auch Tonio Candido. Er war ein stattlicher Mann mit 90 Kilogramm. Das wäre nicht schlimm gewesen, nur war er gerade mal etwas über einen Meter fünfzig groß. Er war fett und das bekam er jeden Tag von seiner Frau aufs Brot geschmiert.

Damals vor 30 Jahren, als sie ihn kennengelernt hatte, war sie zwar auch schon gut einen Kopf größer als er gewesen, aber er nur halb so schwer und Stürmer bei einem guten Amateurfußballverein. Seine Kariere war gerade so richtig ins laufen gekommen, da folgte der Rückschlag: ein Kreuzbandriss, zwei Operationen und 40 Kilo.

Heute hatte er zwei Kinder, eine nervende Frau und dank einer Firmenpleite zweihunderttausend Euro Schulden. So kam es, dass er bei den Falschen ein paar Euro nicht zurückzahlen konnte – solchen Menschen, denen man nicht sagt, dass man seinen Kredit nicht bezahlen kann.

Dann kam das Angebot. Man brauche nichts außer Verkaufstalent, hatte der hagere Asiate gemeint, und es wären mehrere Hundert Euro in nur wenigen Stunden drin. Tonio sollte ganz einfach Zigaretten verkaufen. Er fragte nicht, woher die Glimmstängel kamen und so packte er die Dinger in einen alten Koffer, stellte sich auf den Paradeplatz und machte sich auf Kundensuche. Er brauchte nicht lange zu warten, da sprach ihn ein junger Mann an und wollte eine Stange.

Tonio freute sich. Wenn es so weiter gehen würde, hätte er sein Cashflow-Problem bald überwunden. Er öffnete umständlich seinen Koffer, immer darauf bedacht, dass keiner den Inhalt erspähen konnte.

Tonio zauberte eine Stange Zigaretten hervor und sagte im Aufrichten: „Macht 15 Euro."

Der Käufer zog seinen Dienstausweis aus dem Geldbeutel. „Ich zahle mit Karte."

Ein zweiter Mann, den Tonio noch gar nicht bemerkt hatte, wandte sich ihm ebenfalls zu und zeigte seinen Ausweis. Dem Italiener fiel vor Schreck der Koffer aus der Hand und die Stangen verteilten sich auf dem Boden.

Während Tonio versuchte, seine Ware wieder in den Gepäckstück zurückzustopfen, zog einer der Beamten seine Handschellen hervor und verkündete: „Dicker, mach dir keine Arbeit. Das erledigen wir für dich."

Sein Kollege lachte hämisch.

Tonio war ein stolzer Italiener und er würde sich hier nicht vor allen auf dem Paradeplatz in Mannheim verhaften lassen. Er nahm eine Packung Zigaretten und warf damit auf den Polizisten, dann rannte er so schnell er konnte los.

Die Beamten sahen sich grinsend an, dann gingen sie gemäßigten Schrittes dem Flüchtenden hinterher.

Tonios Lunge brannte wie Feuer, Schweiß lief ihm in die Augen und sein Herz raste – er gab alles.

Einer der Polizisten auf Verfolgung steckte sich eine Zigarette an und fragte seinen Kollegen, der gemütlich an seiner Seite spazierte: „Wollen wir das Schauspiel nicht beenden? Der klappt uns noch zusammen."

„Ach komm, lass ihn noch hundert Meter rennen, zweihundert Meter bringen ihn auch nicht um. Gib mir auch eine Kippe."

Tonio schaffte die 200 Meter nicht. Er Kippte vornüber in eine Grünfläche, Gesicht voran in Hundekacke. Dies war aber nicht der Grund, weswegen er sich sogleich die Seele aus dem Leib kotzte.

In Erbrochenem und Hundekot liegend hörte er die höhnische Stimme einer der Beamten, der mit seinem Kollegen lachend an dem Rasenstück eingetroffen war: „Zweite Runde, komm renn los, wir geben dir hundert Meter Vorsprung!"

„Zweihundert", überbot der andere.

Tonio rappelte sich auf und kniete nun vor den Polizisten, streckte ihnen die Arme entgegen und bettelte mit Tränen in den Augen: „Bitte nehmt mich fest. Bitte, alles, bloß nicht mehr rennen."

So kam es, dass sich Horst, Claudia und Tonio am Montag auf einer harten Holzbank vor dem Büro des Haftrichters trafen.

„Bist du nicht der Schwule von YouTube?", fragte Claudia gerade an Horst gerichtet, als die Tür aufging und ein dürrer Mann mit lichtem Haar, hässlichem kariertem Pulli und einer Jogginghose, die bis zu den Brustwarzen hochgezogen war, von zwei Beamten in den Vorraum gebracht wurde. Das lichte Haar klebte strähnig an seinem Kopf und selbst die dicke Hornbrille konnte nicht verbergen, dass er geweint hatte.

Mit leichtem Druck platzierten sie den Neuankömmling auf die Holzbank.

04

Manfred, sah kurz zu den anderen. Seine Mutter hatte ihm immer eingebläut, nicht mit Fremden zu reden. Verlegen wandte er den Blick auf den Boden und zählte die Fliesen. Er kam nicht weit, da sprach die Blonde. Zu Manfreds Erleichterung zuerst nur über ihn.

Wieder schoss ihm die Erinnerung an die warnende Stimme seiner Mutti ins Gedächtnis, er solle nicht mit Fremden sprechen und schon gar nicht mit Frauen. Diese seien ausnahmslos Huren und wollten nur sein Geld. Er wusste nicht, was Huren waren, aber so wie es seine Mutter ausdrückte, musste das was Böses, was richtig abgrundtief Böses sein.

Sie sprach das aus wie Pastor Maier, wenn dieser ihn ermahnte, zu keinem ein Wort zu sagen, während sie das geheime Spiel gespielt hatten. Dann irgendwann waren die bösen Polizisten gekommen und hatten den Pastor einfach mitgenommen.

Manfred wurde aus seinen Gedanken gerissen, als die Frau ihn jetzt direkt ihn wandte: „Bist du pädophil?"

Manfred wusste nicht, was das bedeutete, nur dass er nicht mit einer Frau reden durfte. Und weil er von Grund auf höflich war, sagte er in einem bedauernden Ton: „Tut mir leid, meine Mutter hat mir verboten, mit Huren zu reden."

Vier im Raum lachten, die Faust der Frau traf ihn schmerzhaft im Gesicht. Dann warf sie sich auf ihn und schlug auf ihn ein.

Manfred wusste nicht, wie ihm geschah und er hatte das so noch nie erlebt. Erlebt vielleicht schon, aber halt anders, damals bei dem Spiel mit dem Pastor als dieser seinen Pipimann gestreichelt hatte, aber ohne das Spiel noch nie. Zu seiner eigenen Überraschung wurde das Teil zwischen seinen Beinen hart und groß. Er konnte es sich nicht erklären, doch auf eine seltsame Art machte es ihm Spaß und er fühlte sich glücklich.

Als die Uniformierten die Blonde von ihm runterzogen, hörte er sie brüllen: „Der Perverse hat einen Ständer!"

Dann entschwand er ins Land der Träume. Er träumte davon, wie er seiner Mutter am Morgen gesagt hatte, dass er sein eigenes Geld verdienen wolle, wie sie ihm verboten hatte, zum Vorstellungsgespräch zu gehen. Er hatte seinen besten Anzug angezogen und als Mutti sich ihm in den Weg gestellt hatte, hatte er das große Messer aus dem Messerblog genommen.

Manfred schlug die Augen auf, er war schweißgebadet.

„Du darfst es dem Muttersöhnchen auch nicht übelnehmen, Claudia, du hast ja angefangen mit beleidigen", hörte er Horstsagen, dann sprach dieser ihn direkt an: „Und weshalb haben sie dich festgenommen?"

Während sich Manfred vom Boden aufraffte, antwortet er unsicher: „Ich weiß nicht, ich habe nichts getan."

Aber die Stimme in seinem Kopf brüllte, dass er die Hure nun töten müsse, dafür, dass sie ihm wehgetan hatte.

05

Manfred, Tonio, Claudia und Horst saßen auf der Bank vor dem Büro des Haftrichters und keiner sprach ein Wort. Sie warteten hier schon seit fast einer Stunde.

Klar hatte keiner von ihnen besseres zu tun – außer Manfred, der am Morgen normalerweise immer die Schlümpfe ansah.

Dies war freilich sein kleinstes Problem, aber noch glaubte er, seine Mutter würde schon alles für ihn in Ordnung bringen. Als erster war ein elegant gekleideter Mann flankiert von zwei Anwälten vorgelassen worden. Dieser schien es faustdick hinter den Ohren zu haben, so lange wie er nun schon beim Richter war.

Tonio starrte ungeniert Claudia an.

Diese hatte schon beim ersten Blick auf den übergewichtigen Südländer erkannt, dass er nicht ihr Fall war. Etwas verwundert hatte sie der Ehering, den er trug, aber man hörte ja immer von Zwangsehen.

Mit zunehmender Wartezeit wurde die Stimmung immer gereizter und so erfüllten sich die Träume des Italieners und die Blondine sprach ihn an: „Noch nie eine Frau gesehen, Gollum, oder was starrst du so?"

Leider hatte Tonio noch nie ein Buch gelesen und so war er nicht mal beleidigt, sondern eher entzückt, dass sie etwas zu ihm gesagt hatte. „Wenn wir hier raus sind können wir mal einen Kaffee trinken gehen."

Alle, sogar die zwei uniformierten Beamten, die zu ihrer Bewachung auf dem Gang abgestellt worden waren, brachen in lautes Gelächter aus.

In diesem Moment brach die Welt über den vieren zusammen. Eine Explosion, so gewaltig, dass diese das gesamte Gerichtsgebäude erschütterte, warf sie von ihren Stühlen. Staub machte die Sicht fast unmöglich. Überall war Geschrei, untermalt von einem nervtötenden Alarmton. Als die Sicht besser wurde, sahen sie die beiden Polizisten, die sie bewacht hatten. Diese lagen reglos und blutüberströmt am Boden. Die vier sahen sich ratlos an?

Horst sprach es als Erster an. „Meint ihr, wir sollten flüchten?"

„Und wenn es eine Falle ist?", warf Manfred kleinlaut ein.

„Meine Mutter sagt immer, man soll lieber alles doppelt prüfen, bevor man einen Fehler macht."

„Dann hätte sie zur Pille auch noch darauf bestanden, dass dein Vater ein Kondom benutzt!", erklärte Tonio, ohne die Miene zu verziehen.

Horst war aufgestanden und sah in das Büro, in dem vor etwas mehr als einer Stunde der Verbrecher mit seinen zwei Anwälten verschwunden war. Eine Tür gab es nicht mehr, eigentlich gab es den ganzen Raum nicht mehr. Durch das Loch, das mal der Eingang gewesen war, sah man auf die Straße. „Ich glaube nicht, dass es eine Falle ist."

Claudia gesellte sich zu ihm: „Krass!"

Die vier gingen langsam zum Ausgang, keiner achtete auf sie. Als sie aus dem Gebäude traten, herrschte heilloses Chaos. Die Gruppe rannte in Richtung Schloss und kam genau 200 Meter weit, da übergab sich Tonio vor einem Café.

„Ich kann nicht mehr! Lasst mich zurück", jammerte der Italiener.

„Ja, lassen wir den Schwamm hier sterben", stimmte Claudia zu.

„Auf der Straße können wir nicht bleiben. Da haben sie uns sofort", erklärte Horst.

Wenig später saßen sie in einem Café, tranken Kaffee und schauten aus dem Fenster. Ständig fuhren Polizeiwagen vorbei und tauchten die Umgebung in Lärm und blaues Licht. Polizisten mit Maschinenpistolen patrouillierten durch den Stadtteil. Auf dem TV-Gerät an der Wand sahen sie nun eine Nachrichtensondersendung. Nacheinander wurden ihre Gesichter gezeigt.

„Diese vier Personen", sagte der Sprecher, „sind extrem gefährlich. Wer sie sieht, sollte auf keinen Fall versuchen, sie selbst zu stellen, sondern sofort die Polizei verständigen und auf ihr Eintreffen warten."

In diesem Moment trat die junge Kellnerin an ihren Tisch und füllte Kaffee nach. „Die sehen auch schon so fies aus, meint ihr nicht? Da erkennt man, gleich, dass das Killer sind." Die Gruppe nickte.

Die Bedienung redete weiter: „Aber macht euch keine Sorgen, hier kommen die nicht rein, zu viele Polizisten." Mit diesen Worten ging sie mit ihrer halb vollen Kanne weiter zum nächsten Tisch, an dem ein halbes Dutzend blau uniformierter Beamter saß.

Es war noch schlimmer: Die vier waren die einzigen in dem ganzen Café, die nicht in Einsatzkleidung waren.

„Wir sollten ganz schnell das Land verlassen", stellte Horst fest. „Wer liefert eigentlich nicht nach Deutschland aus?"

„Südamerika, also Brasilien, Argentinien oder Canada", erklärte Tonio.

„Bist du doof", schnauzte Claudia den Südländer an. „Brasilien ist doch nicht in Südamerika."

Manfred wusste es zwar besser, immerhin schaute er sich seit Jahren jede Ratesendung im Fernsehen an, doch er schwieg lieber.

„Also Kohle auf den Tisch", befahl Horst, der immer mehr die Rolle des Anführers übernahm.

Das Ergebnis war niederschmetternd: 16 Euro und 20 Cent.

In diesem Moment trat die Kellnerin an ihren Tisch. „Ihr wollt zahlen", stellte sie fest und ihr Geldbestand sank auf null.

Horst machte ein Gesicht wie eine Kuh, wenn es donnert: „Weiß jemand ein billigeres Fluchtziel?"

„Die Schweiz", stammelte Manfred.

„Wohin?", fragte Claudia nach.

„Die Schweiz liefert nicht aus", erklärte Manfred kleinlaut.

„Das könnte klappen", verkündete Horst glücklich. „Das sind nur zweihundert Kilometer."

„Gut gebrüllt Löwe, unser italienischer Apollo packt keine zweihundert Meter ohne Sauerstoffzelt", lästerte Claudia.

Da meldete Manfred sich noch mal zu Wort: „Aber wir müssen erst zu mir nach Hause. Ohne Mutti geh ich nirgends hin."

Keiner achtete auf sie, als sie unauffällig aus dem Café flüchteten. Dies klappte bis zur Garderobe, die Claudia effektvoll umtrat. Laut jaulend sprang sie auf einem Bein durch den Raum, rempelte gut ein Dutzend Polizisten an, sodass sie die volle Aufmerksamkeit hatten.

Entschuldigend hob sie die Hände: „Sorry, wollte ich nicht, ich bin ja so ungeschickt."

Horst, der wohl das bekannteste Gesicht der Gruppe hatte, drängte sie in Richtung Ausgang, aber so unwahrscheinlich es war, erkannt hatte sie bisher keiner.

Manfred wohnte nicht weit von dem Gerichtsgebäude entfernt und kurz vor 12 Uhr war die Bande immerhin schon Luftlinie 500 Meter näher an der Schweizer Grenze, als wenn sie am Morgen einfach sitzengeblieben wären.

06

Uns brauchte man nicht lang bitten. Als wir erfuhren, dass die Erde vor ihrem Untergang stand und wir sie retten sollten, buchten Jens, Rainer und ich den ersten Flug aus Berlin nach Mannheim. Rudolph hatte seinen Vater auf Knien angefleht, zurück in unsere Welt kommen zu dürfen, aber das Riesenkrokodil blieb hart. So musste Buddy wieder als Ersatz einspringen. Er war nicht so stark, schnell und bestimmt nicht so schlau wie Rudolph, dafür wogen sie fast dasselbe.

Gott und Satan übernahmen in der Zwischenzeit unsere Musikkneipe. Der Tod war gerade in unpässlich und mit Essiggurken futtern beschäftigt.

Noch am selben Abend kamen wir in Neuostheim an. Buddy musste nach Frankfurt fliegen, er kam mit einer Transall und die konnte auf dem winzigen Flughafen in der Mannheimer Vorstadt nicht landen. Eigentlich könnte sie das schon, aber sie käme nicht vor den Kleingärten, die an das Ende der Rollbahn angrenzen, zum Stehen.

Abgemacht war, das Buddy am Mannheimer Hauptbahnhof zu uns stoßen würde.

Wir standen am Gleis 4, wo der Zug aus Frankfurt einfuhr, und die Türen öffneten sich. Sie schlossen sich, doch unser Freund war nirgends zu sehen. Dafür walzte eine gut 4 Zentner schwere Frau auf uns zu. Sie hatte eine Metallthermoskanne in der Hand, aus der sie trank. Kurz befürchtete ich, unser Kumpel hätte sich zur Frau umoperieren lassen, aber das war Blödsinn. Buddy wog ungefähr so viel wie die Frau, die immer noch auf uns zukam, er war aber mindestens einen Kopf größer und hatte auch keine roten Haare.

Einen Moment hoffte ich noch, sie würde an uns vorbeigehen, aber wir hatten kein Glück. „Ich bin Gaby, Buddys Schwester. Er hat einen eingewachsenen Fußnagel und kann nicht kommen."

„Willst du mich verarschen?", fragte ich etwas gereizt.

„Ja, er hat Flugangst, hat eine Freundin, suche dir ein Grund aus, er hat das erste Buch gelesen und …"

„Ja, ja, verstanden", unterbrach ich den Redeschwall. „Was machst du hier?"

„Ich soll auf dich aufpassen. Er will das mit dir persönlich in Haßloch klären und das geht nicht, wenn du zuvor ins Gras beißt. Ja, und ihr anderen seid mir scheißegal." Damit schraubte sie die Thermoskanne auf. Es stank nach Hochprozentigem und sie nahm einen großen Schluck.

Jens tippte mir auf die Schulter und flüsterte: „Wollen wir sie nicht besser vor einen Zug werfen?"

Ich schüttelte den Kopf. „Bringt nichts, der zerschellt."

Zwei Gullydeckel große Hände packten meinen Kopf und den von Jens.

Kurz darauf hatten wir beide Kopfschmerzen und hörten, wie sie zischte: „Ich bin nicht taub!"

In diesem Moment klingelte mein Mobiltelefon. Rudolph rief an. „Sag ihr, ich habe zwar Hausarrest, aber ich komme, wenn es sein muss, egal wie viel Ärger ich bekomme und wie schwer sie mir im Magen liegt."

„Sag es ihr selbst, ich will mir nicht noch eine fangen", erwiderte ich und gab mein Smartphone etwas unsicher weiter.

Gaby sah nicht so aus, als könne sie mit zierlichen technischen Geräten umgehen. In dem Moment, als ich mein Telefon in ihre speckige Hand legte, verschwand sie und ein Mann stand vor mir. Er war fast genauso breit wie Buddy, hatte lange, weit vom Kopf abstehende braune Haare und einen etwas verwirrten Gesichtsausdruck. Er nahm das Telefon ans Ohr, hörte zu, dann gab er es mir mit den Worten „Er will mit dir reden" zurück.

Ich nickte und nahm das Gerät entgegen.

„Das ist Thomas", erklärte Rudolph. „Genauso dick, genauso schlecht in Minigolf und Schach, hat aber Abitur."

„Das hilft uns weiter?", fragte ich.

„Nein. Aber mach dir kein Kopf, ich komme hier raus. Ich lasse euch nicht allein."

„Rudolph, wenn du Buddys Schwester zu seinem Doppelgänger verwandeln kannst, warum dann nicht zum Original. Wir brauchen ihn", bettelte ich. „Das wird schwer", war die knappe Antwort. Dann erzitterte die Erde und dort, wo eben noch Thomas gewesen war, stand auf einmal Buddy. Er hatte seit unserem letzten Treffen gut 40 Kilo zugelegt und keine Haare mehr, trotzdem war die Freude und die Erleichterung, ihn an unserer Seite zu wissen riesig.

Dann meldete sich wieder Rudolph, hörbar außer Atem: „Ja, und schick Rainer nach Berlin. Der Tod hat Fieber, Gott und Satan sind völlig aus dem Häuschen, er muss die Musikbar übernehmen."

Auch wenn ich wusste, dass dies unser Ruin war, tat ich, wie mir geheißen.

07

Rudolph saß in seinem Zimmer. Er musste raus, musste seinen Freunden helfen! Im Internet hatte er herausgefunden, dass man nur einen Ball aufs Kopfkissen und etwas unter die Decke zu legen brauchte, damit es aussah, als würde man im Bett liegen. Dann konnte man einfach aus dem Fenster klettern und sich am Efeu runterhangeln. Gut, letzteres war für ein 12-Meter-Krokodil, das etwas über eine Tonne wog, ein Problem, aber darum würde er sich kümmern, wenn es so weit wäre.

Erst mal rollte er den Teppich auf und legte diesen unter seine 14 Meter lange Bettdecke. Dann platzierte er einen Ball auf dem Kissen und besah sich sein Werk. Es sah scheiße aus. Der Ball war viel zu klein, sein Kopf war mindestens so groß wie ein Kühlschrank. Das traf sich gut, denn so einen hatte er im Zimmer.

Kurz darauf lag dieser gut positioniert auf dem Kissen und lief aus. Rudolph vermutete, dass man das Teil vielleicht besser vor dem Hinlegen hätte ausräumen sollen, aber das war nun auch zu spät.

Er trat ein paar Schritte zurück und besah sich sein Meisterwerk: Der Kühlschrank war weiß, nicht grün. Er ging hin und zog die Decke hoch. Jetzt schaute auf der anderen Seite der Teppich raus. Überhaupt war er viel breiter als die Rolle und es sah kacke aus.

Rudolph schloss die Tür von innen ab. Wenn keiner reinkommen konnte, konnte auch keiner sehen, ob er im Bett lag oder nicht. Gut gelaunt trat er ans Fenster, öffnete es und ...

Er hatte es geahnt. Der kleine Scheißer aus dem Internet hatte schon wieder gelogen. Da war kein Efeu. Rudolph würde ihn fressen, er würde ihn qualvoll fressen. Gut, das ging natürlich nicht, denn sonst käme ja raus, dass er weg war, aber schon der Gedanke allein hob seine Laune.

Rudolph machte das Fenster wieder zu und ging zur Tür. Als er sich durch das leere Haus schlich, kam ihm langsam der Gedanke, dass alles, was er bis jetzt getan hatte, völlig für den Arsch gewesen war. Die Haustür war nicht mal abgeschlossen. Auf dem Weg zur Pforte in unsere Welt traf er auf nichts. Es schien, als wäre seine Welt ausgestorben.

Das Erste, was Rudolph in unserer Welt zu erledigen hatte, war, diesen Lügner zu finden. Er würde ihm seinen Efeu in den Mund stopfen. Die GPS-Funktion an Smartphones war eine tolle Sache und da er auf seiner Homepage nicht nur Lügen sondern auch seine Handynummer veröffentlichte wusste Rudolph, schon nach wenigen Minuten wo der Schreiber war, der ihn so hinters Licht geführt hatte.

Er kam zu einem winzigen Fußballplatz. Von der Straße her war hinter einer dichten Dornenhecke nur der hohe Gitterzaun zu sehen, der das Spielfeld umgab. Es war ein sehr heruntergekommener Stadtteil von Mannheim, der Platz war uneben und von rotem Sand bedeckt. Auch die Tore hatten bessere Zeiten hinter sich, der Lack war abgeplatzt. Scheinbar hatte ein edler Gönner neue Netze spendiert, denn sie wollten so gar nicht ins Gesamtbild dieser Spielstätte passen. Rudolph trat durch die Tür auf den Aschenplatz.

Zu seiner Linken spielten zwei Jungs Fußball, zumindest so etwas in der Art. Der eine schoss aufs Tor, der andere war dicker und hatte die Aufgabe, den Ball aus dem Netz zu fischen und ihm dem Dünneren wieder hinzuwerfen.

Zu seiner Rechten waren vier Jugendliche, drei Jungs und ein Mädchen, denen der Weg zu „ihrer Ecke" wohl zu weit war. Anders war es kaum zu erklären, warum sie die 20 Meter bis dorthin mit ihren Mofas zurückgelegt hatten. Rudolph glaubte sich zu erinnern, dass motorisierte Zweiräder, nebst Zigaretten und Alkohol eines der untersagten Dinge war, die auf dem Verbotsschild am Eingang aufgeführt waren. Gut, an die beiden anderen Vorgaben hielten sich die Halbstarken auch nicht. Sie standen zusammen, jeder hatte eine Kippe im Mund und etliche ausgerauchte lagen zu ihren Füßen. Dort stand auch ein angebrochenes Sixpack Bier.

Rudolph war etwas beleidigt, normalerweise bekam er, als 15-Meter-Krokodil mehr Aufmerksamkeit, wenn er irgendwo auftauchte, hier nahm keiner von ihm Notiz. Eigentlich wollte er sich den Knirps vorknöpfen, der dem Dicken den Ball nur so um die Ohren schoss, aber ein klein wenig Erziehung konnte den vier Rauchern nicht schaden.

Er ging die wenigen Schritte zu der Gruppe: „Ihr wisst, das auf diesem Kinderspielplatz Rauchen verboten ist?"

„Ey du Opfer, was spielst du dich so auf?", antwortete der blonde Halbstarke.

„Denkst du, du kannst den Dicken machen nur, weil du Fett bist?", sagte der mit den langen fettigen Haaren.

Das Mädchen zog ihren Freund zurück. „Bleib weg von dem, der ist voll grün. Ist bestimmt ansteckend."

Rudolph war fassungslos. Er hatte Heerscharen aufgefressen, die Erde gerettet und das Einzige, was die in ihm sahen, war ein dickes Opfer, das krank grün aussah? Kurz überdachte er seine Optionen. Wenn er sie fressen würde, wäre das zwar eine Befriedigung, aber dann käme heraus, dass er aus seinem Kinderzimmer geflüchtet war und er würde so den Hintern versohlt bekommen, dass er Monate nicht mehr sitzen könnte.

Rudolph war hin- und hergerissen. Zum einem hatte er eine ziemlich robuste Haut, doch zum anderen konnte sein Vater gewaltig zuschlagen. Aber was das Wichtigste war: Wenn er aufflog, könnte er seinen Freunden nicht helfen. Er würde Gitter vor die Fenster bekommen und mit einer Kette an sein Bett gefesselt werden.

Um sich das Ganze in Ruhe durch den Kopf gehen zu lassen, legte er sich erst mal auf die vier Mofas, die illegal auf dem Platz abgestellt worden waren. Blech knarzte, Reifen platzten und Scheinwerfergläser gingen zu Bruch. Zugegeben, bequem war dies nicht und eine zündende Idee kam ihm dabei auch nicht, aber irgendwie hatte er ein gutes Gefühl.

Das änderte sich, als der Halbstarke mit den langen fettigen Haaren auf ihn zustürzte und ihm mit den Worten „Spinnst du, du Opfer?" mit voller Wucht auf die Krokodilschnauze schlug.

Rudolph hatte sich nur eine Millisekunde nicht unter Kontrolle und weg war der kleine Scheißer. Die drei übrigen schrien, als wären sie in seinem Magen gelandet. Verzweifelt versuchte er die Jugendlichen zu beruhigen. So wie die brüllten, würde sein Ausbruch nie unentdeckt bleiben.

„Nichts passiert, eurem Freund geht's gut, ich hab nicht gekaut", war Rudolph bemüht, die Wogen zu glätten. Verzweifelt versuchte er zu kacken, aber nichts passierte, nicht der leiseste Furz entwich ihm. Lohn seiner Mühe war, dass sein Kopf die Farbe von Grün auf Rot wechselte. Er sah ein, es gab nur eines, was jetzt noch helfen konnte: Rudolph steckte seine Pfote in den Rachen.

Aber auch das hatte nicht den gewünschten Effekt. Ihm graute vor dem, was er nun tun musste.

Er nahm sein Smartphone, öffnete YouTube und tippte voller Ekel die Worte „Modern und Talking" ins Suchfeld ein. Als die ersten Töne von „You're my heart, you're my soul" an seine Ohren drangen, passierte es. In einem riesigen Schwall kam alles, was er in den letzten Stunden gegessen hatte, aus seinem Maul gespritzt. Als Letztes auch der Bengel mit dem fettigen Haar. So nass, wie diese jetzt waren und am Schädel klebten, sah er sogar besser aus als zuvor.

Die vier rannten, als hätten sie den Leibhaftigen gesehen, ließen sogar ihr Bier stehen.

Rudolph rief ihnen noch verzweifelt nach: „Und vergesst nicht, es ist nichts passiert! Ihr habt kein Krokodil gesehen!"

Dann wandte er sich dem kleinen Lügner zu, der auf seiner Homepage etwas von Efeu vor dem Fenster geschrieben hatte. Dieser schoss von dem eben Geschehenen unbeeindruckt weiter Bälle ins Tor seines völlig untalentierten Freundes.

Rudolph kam gleich zur Sache: „Du hast einen Internetblog, in dem du beschreibst, wie man sich gegen seine Eltern und deren Verbote zur Wehr setzt?"

„Schickt dich mein Vater?", fragte der Angesprochene. Er hatte den Fuß auf den Ball gestellt und sah angriffslustig zu dem Krokodil auf.

Rudi fragte sich nicht zum ersten Mal, wo der Respekt abgeblieben war. Hatte er ein Schild auf dem Rücken „Ich darf keine Menschen fressen" oder warum schien keiner mehr

Angst vor ihm zu haben? Er zeigte auf das runde Leder und fragte: „Darf ich mal?"

„Meinetwegen, aber als Torwart ist mein Kumpel echt mies."

Kurz darauf hielt der Junge im Tor seinen ersten Ball und flog mit dem Geschoss über die Torlinie, durch Netz und Zaun und lag nun regungslos in der Dornenhecke, den geplatzten Ball immer noch fest umklammert.

„Du schuldest mir einen Fußball, erklärte der Kleine neben ihm gelassen."

Von der Ferne hörte Rudolph die Sirenen von Polizeiautos näher kommen. Er packte den Jungen am Kragen und raunte ihm zu: „Wir müssen reden, komm mit!"

08

Buddy war von der langen Zugreise geschwächt. Selbst ich, der bei Männern nicht auf deren Figur achtete, musste zugeben, dass er nun ausgehungert aussah. Er brauchte dringend Nahrung, aber das musste erst mal warten.

Jens tippte wie wild auf seinem Smartphone herum – machte er zwar immer, aber diesmal war es nützlich.

Kurz darauf verkündete er: „Rainer, du fährst mit der S-Bahn nach Heidelberg und dort wartest du vier Stunden bis der Flixtrain kommt."

„Fährt denn kein ICE direkt von Mannheim nach Berlin?", mokierte sich Rainer.

„Doch, wäre aber teurer", erwiderte Jens knapp, ohne vom Handy aufzuschauen.

Maulend setzte sich Rainer in Richtung der S-Bahnen vor dem Bahnhofsgelände in Bewegung.

„Was wollen wir essen? Am besten setzen wir uns irgendwo rein und warten auf Rudi", sagte ich.

Buddy erklärte, dass das „Was" egal sei, Hauptsache reichlich.

Von Jens kam keine Antwort. Er tippte weiter auf dem Display herum. Kurzerhand nahm ich ihm das Teil aus der Hand, ließ es auf den Boden fallen und trat darauf. Es zerbarst in tausende Teile.

„Besser! Nachdem ich jetzt deine Aufmerksamkeit habe, was willst du essen?", fragte ich.

„Spinnst du? Meine Freundin ist schwanger, sie braucht mich", brüllte Jens mit hochrotem Kopf.

„Mach dir keine Sorgen", versuchte Buddy unseren Freund zu beruhigen. „Frauen haben schon Jahrtausende bevor es Smartphones gab Kinder bekommen, das bekommt die hin. Aber wenn ich deinetwegen nicht bald etwas zu essen bekomme, wächst die Kleine ohne Vater auf. Das wäre doch tragisch."

Einen Moment hatte Jens noch ein zorniges Funkeln in den Augen, dann erlosch es und nach einem sehnsüchtigen Blick auf die Überreste seines Telefons sagte er leise: „Burger."

Ich war sehr zufrieden mit mir. Im Bahnhofsgebäude gab es eine Filiale einer Fastfoodkette, also machten wir uns auf den Weg. Zu unserem Pech gab der Motor der Rolltreppe den Geist auf, als Buddy diese betrat. So mussten wir auch noch Treppen laufen, um zum Burger-Lokal im Bahnhofgebäude zu gelangen.

Buddy bestellte die komplette Speisekarte – und das zweimal –, immerhin musste er das Kaloriendefizit einer 5-stündigen Zugfahrt ausgleichen. Ich war mal wieder inmitten einer Diät und beschränkte mich auf Salat mit etwas Dressing, panierter Putenbrust und großen Pommes. Ein halber Liter Cola und zwei Apfeltaschen rundeten mein karges Mahl ab. Jens bestellte ein Dutzend dieser Ein-Euro-Burger. So beladen setzten wir uns in die hinterste Ecke und hofften, in Ruhe essen zu können und halbwegs vor fremden Ohren sicher zu sein.

„So, um was geht es? Warum musste ich kommen?", wollte Buddy wissen, während er sich genüsslich einen Tripple Burger in die Futterluke schob.

„Die Welt ist in Gefahr!", verkündete ich reißerisch. Dann nahm ich erst mal einen Schluck meines koffeinhaltigen Kaltgetränks.

„Und?", fragte er.

Ich zuckte ratlos mit den Schultern.

„Alter, du bist Gott, du bist der verdammte allwissende Erzähler, du musst doch mehr wissen", echauffierte sich mein Freund.

Ich biss erst mal in meine Apfeltasche. Heiße Apfellava ergoss sich in meinen Mund und in einem verzweifelten Versuch, meinen Rachen zu schützen, spuckte ich das weißglühende Zeug auf das Tablett. Wieder einmal bereute ich es, nur ein *fast* allwissender Erzähler zu sein.

„Fast, nur fast allwissend. Und das Gott-sein habe ich aufgegeben. Zu viel Arbeit, zu wenig Freizeit, schlechte Arbeitszeiten und dann noch der Stress. Mach das jetzt nur noch ein wenig in Teilzeit."

„Alter, ich buckle sechs Tage die Woche meist zwölf Stunden, schleppe Möbel durch zu enge Treppenhäuser. Mein Rücken, meine Knie, alles schmerzt und du erzählst mir, dass dir das bisschen, was du zu tun hattest, zu viel war?"

„Ja, unerträglich", bestätigte ich.

Danach war die Stimmung erst mal im Keller. Wir aßen wortlos weiter. Ab und an rief einer von uns eine Bestellung nach vorne und der Angestellte brachte es an unseren Tisch.

Er hatte die Eingangstür verschlossen und seine Disponenten angerufen, dass er dringend Ware brauchte.

09

Manfred wohnte in Neckarau, in einem wenig ansehnlichen Bau im 6. Stockwerk. Zu Tonios Freude gab es einen Fahrstuhl. Der war aber außer Betrieb. Um sich darüber zu beschweren, fehlte ihm beim Aufstieg jedoch die Luft.

Oben angekommen, fiel Horst als Erstes der versiegelte Eingang auf. Er trat näher heran, las was von Kriminalpolizei und Tatort, aber da hatte Manfred schon die Tür geöffnet und das Siegel entzweit. Horst hätte ja protestiert, aber bei der Liste von Straftaten, die ihnen zur Last gelegt wurden, glaubte er nicht, dass dies jetzt noch ins Gewicht fallen würde.

Inzwischen hatte auch Tonio den Aufstieg geschafft. Er schnaufte, als hätte er soeben den Everest erklommen. Um zu verhindern, dass es seiner Lunge in absehbarer Zeit besser gehen würde, zündete er sich erst mal einen Glimmstängel an.

Horst trat in den Flur, dort waren mit Klebeband die Umrisse einer menschlichen Person stilisiert, den Teppich darunter zierte ein riesiger dunkler Fleck.

In dem Moment hörte er Manfred aus einem der Zimmer rufen: „Mutti, bist du da? Mutti?" Dann trat er in den Flur und erklärte: „Sie wird wohl einkaufen sein, sie kommt bestimmt gleich wieder" Und zu Tonio gewandt: „Mutter mag es nicht, wenn in der Wohnung geraucht wird."

Horst wurde die Situation zunehmend unheimlich. Auch Manfred musste im Flur gesehen haben, was auf dem Teppichboden markiert worden war. Warum ignorierte er dies?

Sie folgten ihm in die Küche, in die er kurz zuvor verschwunden war. Manfred stand an der Arbeitsfläche. Geistesabwesend starrte er auf den Messerblog und sprach mehr zu sich, sodass sich Horst nicht mal sicher war, dass der Hausherr mitbekommen hatte, dass er nicht mehr allein war: „Es fehlt ein Messer. Wo ist es? Mutter hasst es, wenn nicht alles an seinem Platz liegt."

Dann bemerkte Manfred die anderen. Horst erschauderte, als er den Blick sah, mit dem er Tonio taxierte. „Mutter mag es nicht, wenn in der Wohnung geraucht wird." Mit vor Wut verzerrtem Gesicht stürmte er auf den kleingewachsenen Südländer zu, packte diesen am Hals und drückte ihn rücklings an die Wand. Dabei zischte er: „Sie mag es nicht, verstehst du, sie mag es nicht."

Tonio glitt die Zigarette aus der Hand und ihm wurde in diesem Moment zum ersten Mal bewusst, dass der Wahnsinnige ihn töten würde.

Kaum lag die Kippe am Boden, ließ der Hausherr von seinem Opfer ab und trat zufrieden die Zigarette aus. Mit irrem Funkeln in den Augen sagte er: „Ich sehe mal nach, ob wir Geld in der Wohnung haben und packe ein bisschen was zusammen. Schaut ihr hier, was wir an Nahrung mitnehmen können."

Damit verschwand er aus der Küche.

Horst sah zu den beiden anderen. In ihren Gesichtern konnte er lesen, dass auch sie gesehen hatten, was er gesehen hatte. „Wir müssen ihn im Auge behalten."

Er bekam keine Antwort, aber das war auch nicht nötig.

10

Vor unserem Burger Restaurant wurde das Treiben immer hektischer. Personen rannten, Mütter zogen ihre Kinder hinter sich her und die Ladengeschäfte ließen eilig ihre Rollgitter nach unten fahren. Auch war die Anzahl uniformierter Polizisten in der Zeit, die wir im *Fastfoodtempel* verbracht hatten, rasant angestiegen.

Mit einem Blick nach draußen fragte ich meine Begleiter: „Wollte Rudolph nicht ohne Aufsehen, quasi unter dem Radar anreisen, damit sein Vater nicht mitbekommt, dass er hier ist?"

Buddy folgte meinem Blick. „Ah, scheint ja bombig zu laufen."

In diesem Moment schlug einer der Uniformierten mit dem Schaft seines Gewehrs an die Glastür des Restaurants, sodass diese in Tausende von kleinen Glasscherben zerbröselte. Dabei rief er durch das entstandene Loch: „Öffnen sie sofort die Tür!"

Und während unser pickliger Jungspund von Burgerbräter zum Eingang schlurfte, um den verbliebenen Metallrahmen aufzuschließen bemerkte mein Freund: „So dumm wie der ist, braucht er auch er keinen Dienstausweis vorzuzeigen, um zu beweisen, dass er Polizist ist."

Ich nickte. „Und gleich fragt er, ob sich hier ein Fünfzehn-Meter-Krokodil versteckt, weil man dieses durch die Glasfront bestimmt nicht von außen gesehen hätte."

Damit brachen wir in schallendes Gelächter aus. Der Beamte trat an unseren Tisch und tat etwas Seltsames. Er nahm vier Fotos aus der Tasche und verglich jedes einzelne mit mir, dann wiederholte er die Prozedur mit meinen beiden Begleitern. „Das sind sie nicht."

Ich überlegte, ob ich besser den Mund halten sollte, verwarf aber diesen absurden Gedanken und fragte: „Mit wem sprichst du? Hast du einen unsichtbaren Freund Harvey oder führst du Selbstgespräche, weil dich sonst keiner mag?"

„Bestimmt Letzteres", antwortete Jens. „Oder hast du schon mal einen einzelnen Bullen gesehen? Der ist so scheiße, dass er nicht mal einen Kollegen hat."

„Hab ich wohl", antwortete der grün Gekleidete etwas trotzig, dann sah er sich Hilfe suchend im Restaurant um und rief: „Heinz? Heinz, wo bist du?"

Buddy unterbrach die Vorstellung rüde. „Sag, was du willst und dann verschwinde. Meine Burger werden durchs Herumstehen nicht wärmer."

Nach einem letzten verzweifelten Blick, ob nicht doch der Kollege irgendwo im Raum zu finden war, legte der Polizist die vier Bilder auf den Tisch. Das erste war der schwule LKW-Fahrer, den ich von YouTube kannte. Ich fühlte mich schon etwas beleidigt, dass er auf einem Foto nachsehen musste, ob ich dieser Typ sei. Dann kam die Aufnahme eines dürren älteren Mannes. Muttersöhnchen, schwere Hornbrille, die letzten spärlichen Haare über die Glatze gekämmt. In meiner Schlaghand zuckte es. Es folgte ein rundlicher Südländer, anscheinend durch Stehen für das Fahndungsfoto sportlich nah am Rande eines Herzinfarkts. Dann – es hatte echt noch gefehlt – eine recht gutaussehende Blondine.

Ich wollte gerade fragen, was der Blödsinn soll, als mir Buddy zuvorkam: „Bist du eigentlich doof oder blind? Du hast jetzt nicht ernsthaft auf den Bildern verglichen, ob wir das sind?"

„Ich muss jeden im Bahnhof genau überprüfen, hat mein Teamleiter gesagt."

In diesem Moment trat ein zweiter Uniformierter durch den Türrahmen. Der schien etwas Höheres bei der Polizei zu sein und er brauchte keinen, der ihm den glaslosen Rahmen öffnete. „Schneider, was trödeln Sie hier so herum? Die ganze Stadt scheint wegen dieses Gefängnisausbruches durchzudrehen. Eben rief eine alte Frau aus Seckenheim an und behauptete, ein Fünfzehn-Meter-Krokodil hätte Mofas zertrampelt und ihren Enkel entführt." Damit brach er in schallendes Gelächter aus.

Er lachte, Schneider lachte, sogar der picklige Fastfoodketten-Angestellte lachte.

Ich sah zu meinen Freunden und sagte leise: „Verdammt Rudi, das gibt Ärger."

Der Neuankömmling hatte sich wieder gefangen und sprach nun weiter: „Schneider, das ist Ihr Fall. Reden Sie mit der Alten, finden Sie das Kind und den Riesenalligator."

„Jawoll", brüllte der Uniformierte an unserem Tisch mit unverhohlenem Stolz in der Stimme, seine Brust war jetzt geschwellt. „Herr Kommandant, haben Sie ein Foto von dem verdächtigen Krokodil?"

Der Diensthöhere schlug sich mit der flachen Hand auf die Stirn und verließ das Lokal.

Ich überlegte kurz, dann kramte ich in meiner Tasche und zog ein zerknittertes Gruppenfoto von unserem epischen Minigolfspiel um die Weltherrschaft hervor. Auf dem Bild lag Rudi über die Bahnen vierzehn bis achtzehn. Die Spieler beider Teams saßen auf seinem Rücken und vor uns standen gut zwei Dutzend leere Bierkästen.

Ich gab es Schneider. „Das Grüne ist Rudolph, das gesuchte Krokodil. Bevor er dich frisst, sag ihm bitte, wo er uns findet."

Der Beamte sah auf das Foto, schaute auf, dann noch mal aufs Bild. Langsam legte er sein Maschinengewehr auf unseren Tisch, zog Jacke und Hemd aus, platzierte seinen Dienstausweis daneben und verließ wortlos das Lokal.

„Letztlich, war er doch ein überdurchschnittlich intelligenter Polizist", fasste Jens das Gesehene zusammen und bestellte drei neue Burger.

Der picklige Angestellte lief zum Türrahmen und schloss diesen ab, dann machte er sich an die Arbeit.

11

In der Hauptstadt der Unterwelt saß Rudolphs Vater Artur, ein stattliches 25-Meter-Krokodil, im bedeutendsten Opernhaus seiner Welt und ertrug seit Stunden das Machwerk der wohl meist gefeierten Werke eines Ochsenmaulfrosches seiner Zeit. Gern hätte er diese „Kröte" dafür bestraft, dass er ihm mit diesem Schund seine Lebenszeit raubte, aber der

Frosch starb zu früh. Er war ja selbst schuld. Artur wusste, dass Klassik nicht seine Musik war, trotzdem hatte er seiner Frau die Karten zum Geburtstag geschenkt. Er hatte natürlich gehofft, sie würde sich die Oper mit einer Freundin anhören, aber wie zu erwarten, war keine so blöd gewesen, mitzukommen.

Seiner Frau schien das Geklimper zu gefallen. Artur bemerkte eine Unruhe zu seiner Linken und als er dort hinsah, erblickte er einen 8 Meter kleinen Chihuahua, der sich ihm durch die vollbesetzte Reihe näherte. Artur ahnte Böses, dem Hund hatte er heute nur einen Auftrag gegeben: auf seinen Sohn Rudolph aufzupassen. Er schaute noch mal in die Richtung des Chihuahuas, doch Rudolph war nirgends zu sehen. Artur fragte sich, warum er genau erklärte, was seine Angestellten zu tun hätten, wenn sie sich dann nicht daran hielten. Dieser Hund konnte sich auf ein Donnerwetter gefasst machen, der sollte nur herkommen.

Kurz darauf kam dieser vor ihm zum Stehen und hechelte: „Rudolph ist ausgebüxt."

„Ja, und deine Aufgabe war es, dies zu verhindern", sagte Artur etwas lauter als gewollt, sodass der Frosch auf der Bühne aufhörte zu quaken.

„Ich wollte ihn ja aufhalten, aber er ist in die Oberwelt und da dürfen wir nicht hin."

Rudolphs Vater lebte noch in der guten alten Zeit und der Überbringer schlechter Nachrichten wurde damals gefressen. Mit einem Schnapp war der Chihuahua in seinem Magen verschwunden.

„Lass das, so geht man nicht mit Angestellten um", hörte er seine Frau tadeln.

Sie hatte ja recht und es war eh verboten, andere Bewohner der Unterwelt zu fressen. Das hatte Artur auch nie vorgehabt, es war nur ein kleiner Denkzettel und den hatte der Hund für sein Versagen verdient. Überhaupt, eine Nacht im Krokodilmagen hatte noch keinem geschadet, so hatte der Chihuahua Zeit, über seine Arbeitseinstellung nachzudenken.

Morgen Früh nach dem Aufstehen würde Artur ihn auskacken und nach einer Dusche wäre er wieder wie neu.

11

Rudolph schnappte sich den Jungen und rannte zum Ausgang des Fußballfeldes. Hier saßen sie in der Falle, doch es war zu spät. Die immer lauter werdenden Martinshörner verrieten, dass die Polizei schon da war. Rudi fürchtete sich nicht vor den Beamten, sollten sie nur kommen. Wehmütig bei dem Gedanken, wie ihm der Hintern schmerzen würde – denn das hier würde sein Vater mitbekommen –, stellte er sich in Kampfposition.

Jetzt waren die Streifenwagen da und in Rudolph spannte sich jeder Muskel an. Dann fuhren sie einfach vorbei. Er war fassungslos. Ein halbes Dutzend Polizeiautos schossen mit annähernd Lichtgeschwindigkeit durch den verkehrsberuhigten Bereich und waren verschwunden.

„Na, da ging dir ja ganz schön der Stift", bemerkte der Junge.

Rudolph drehte sich zu ihm um. Er versuchte sich an den Namen unter dem Blogeintrag zu erinnern. War es Tom, Jim oder so was Ähnliches? „Tim, du musst wissen, dass es nur einen Grund gibt, warum du noch nicht gefressen wurdest. Wenn mein Vater herausfindet, dass ich hier bin, gibt es keinen mehr. Du solltest also hoffen, dass nichts passiert, was größere Aufmerksamkeit erregt."

Der Junge schaute trotzig und erwiderte: „Ich bete zu Gott. Er wird schon nicht zulassen, dass mir was passiert."

Rudolph sackten die Beine weg, er konnte nicht mehr. Er lachte so laut, dass im Umkreis von 500 Metern Fensterscheiben zerbarsten und Autoalarme aufheulten. „Gott? Ernsthaft? Der sitzt in seiner Musikbar und trinkt jeden Abend einen über den Durst. Überhaupt ist er ein lausiger Minigolfspieler und hat seinen Job als Gott schon vor einem Jahr an meinen Kumpel verloren. An den glaubst du? Der soll dir helfen? Junge du bist noch schlimmer im Arsch als ich", prustete das Krokodilzwischen dem anhaltenden Lachen hervor.

Als Rudolph sich endlich wieder beruhigt hatte, sah er sich um, fand jedoch nichts Brauchbares, schnappte sich den

Halbstarken und wischte sich mit ihm den Rotz von der Nase. „Wir müssen nach Mannheim zum Hauptbahnhof, dort sind meine Freunde. Wie kommen wir da hin?"

Tim zog das völlig mit Schleim besudelte Shirt aus und warf es auf den Boden. „Danke, weißt du, wie lange ich auf das Trikot gespart habe?"

„Nein und es ist mir auch egal. Mannheim Hauptbahnhof, es eilt."

„Also gut, öffentlicher Nahverkehr scheidet wohl aus, wenn wir nicht auffallen sollen. Meine Eltern haben ein Auto. Damit können wir fahren und ich muss ja eh nach Hause, was Frisches anziehen."

Der Weg war nicht weit und nachdem Tim geduscht und etwas Sauberes anhatte, gingen sie zum versprochenen Fahrzeug.

„Hast du einen Führerschein?", fragte Tim.

„Nein, ich bin erst drei Jahre alt", erwiderte Rudolph und lief dabei etwas rot an.

„Gut, dann fahre ich, ich bin schon elf", verkündete der Junge nicht ohne Stolz.

„Du kannst Autofahren?" Rudolph bezweifelte, dass dies eine gute Idee war.

„Ja, ja, ist ein Automatikwagen, ist wie Autoscooter fahren. Da ist er ja schon." Tim war vor einem roten Toyota Aygo zum Stehen gekommen.

Rudolph sah das winzige Fahrzeug und sagte: „Nein ... nein, auf gar keinen Fall quetsche ich mich da rein."

Kurz darauf riss er die Rücksitzbank und den Beifahrersitz heraus und robbte mühsam durch den Kofferraum ins Wageninnere. Nach einer Viertelstunde lag er verdreht und fast bewegungsunfähig im Auto. Der Kopf klebte an der Windschutzscheibe, der Bauch rechts hinten und der Arsch links hinten am Fenster. Einige Passanten würden echt böse Träume haben. 3 Meter Schwanz schauten hinten aus der Kofferraumluke heraus.

Mit einem „Sorry, aber das ist für mein Eintracht-Trikot" warf Tim den Kofferraumdeckel auf den Krokodilschwanz. Dann setzte er sich auf den Fahrersitz und fuhr los.

Sie kamen nicht mal 10 Meter, da brüllte Rudi: „Stopp! Er schleift auf dem Boden. Das tut weh!"

„Oh, hat die große böse Eidechse Aua? Ich habe da eine Idee." Tim fuhr rechts ran und lief zurück in Richtung seiner Wohnung.

Der erste Gedanke von Rudolph war, dass der Junge nie so unverschämt zu ihm sein würde, wenn er sich bewegen könnte. Der zweite Gedanke – der kam aber erst nach ein paar Minuten – war, dass wenn er nicht zurückkommen würde, käme er nie wieder aus dieser Sardinendose von Auto heraus.

Zu seiner Erleichterung sah er Tim kurze Zeit später auftauchen. Er hatte ein Skateboard und Klebeband in der Hand.

Rudi stammelte resigniert: „Das ist entwürdigend."

„Immerhin schleift dann nichts mehr, sondern rollt auf dem Boden."

Beim zweiten Versuch kamen sie schon weiter. Fast bis zum Ortsausgang, da stoppte sie eine Straßensperrung der Polizei. Jetzt wussten sie wenigstens, wo die Einsatzfahrzeuge hingefahren waren.

Ein Uniformierter trat ans Fenster und Tim ließ die Scheibe runter.

„Führerschein, Fahrzeugschein, Ausweis bitte!", spulte der Beamte wie auswendig gelernt runter.

„Tut mir leid, habe ich zu Hause vergessen."

„Aha, sind Sie alleine im Auto?" Damit schlurfte er zur hinteren Seitenscheibe des Fahrzeugs und leuchtete mit der Taschenlampe ins Rektum des Alligators.

„Mit meinem Freud hier", antwortete Tim.

„Der ist ziemlich grün, was hat er?"

„Ihm ist schlecht, er hat was Verdorbenes gegessen."

Der Polizist trat wieder vor zum Fahrerfenster. „Ah, verstehe." Damit zog er vier Fotos hervor. „Haben Sie die vier schon mal gesehen?"

Tim sah auf die Bilder, drei alte Männer und eine alte Frau, und schüttelte den Kopf.

„Gut, wenn Sie die sehen, die sind extrem gefährlich. Versuchen Sie auf keinen Fall, sie selbst festzunehmen. Rufen Sie die Polizei und nehmen sie keine Anhalter mit. Wie gesagt, die sind extrem gefährlich." Damit sah der Uniformierte noch mal in das Fahrzeug, in dem nichts mehr Platz hatte, um zu prüfen, ob dort nicht doch die vier Gesuchten waren. Dann sagte er: „Gute Fahrt."

Tim war gerade angefahren, da hörte er ein gebrülltes „Halt!"

„Verdammt, wäre fast gut gegangen. Gib Gas!", presste Rudolph hervor.

Der Junge indes bremste und sagte: „Hören wir uns doch erst mal an, was er zu sagen hat."

Der Beamte trat wieder ans Fenster: „Ihre Ladung hängt zu weit aus dem Kofferraum. Sie müssen das Ende mit einer roten Fahne kennzeichnen."

„Habe keine Fahne, aber ich sehe da was."

Rudi sah mit Entsetzen, wie der Elfjährige mit Klebeband bewaffnet aus dem Fahrzeug sprang, ein Verkehrshütchen nahm und es Rudi auf die Schwanzspitze drückte. Das Ganze fixierte er mit Klebeband.

„Besser?", fragte er den Polizisten, indem er ihm stolz das Ergebnis seiner Arbeit zeigte.

„Ja, kann man so lassen. Dann noch gute Fahrt."

Damit wandte er sich dem folgenden Fahrzeug zu.

12

Wir hatten gerade unseren vierten Snack verspeist, als die Scheiben vibrierten und Rudolph mit einem Jungen im Schlepptau durch die zuvor zerstörte Tür in den Burgerladen trat. Mit den Worten „Ich habe einen Bärenhunger, ich könnte eine Kuh verspeisen!" wandte er sich an den Koch. Der sah resigniert auf das 15-Meter-Krokodil. „Es reicht, ich habe die Schnauze voll. Dafür bekomme ich zu wenig Geld." Damit warf er die Wendekelle auf den Grill und ging zum Ausgang. Der picklige Bursche kam nicht weit, da hatte ihn Rudi schon mit einem Schnapp gefressen.

„Du wolltest doch nicht so viel Aufmerksamkeit erregen?", fragte ich meinen Freund. „Wenn du wahllos Menschen frisst, bekommt dein Vater gleich mit, dass du ausgebüxt bist."

„Und du glaubst, dass ein fünfzehn Meter langes sprechendes Krokodil, das am helllichten Tag durch den Mannheimer Bahnhof spaziert, nicht auffällt? Dachte schon, dass die Helikopter, die über uns kreisen, nichts mit uns zu tun haben", sagte Rudolph lachend.

„Diesmal nicht, die suchen vier Schwerverbrecher", antwortete ich.

„Weiß ich doch, die suchen wir im Übrigen auch. Ich habe gestern noch mit Satan telefoniert und er sagte mir, einer von denen wird die Welt retten. Das Problem ist, er konnte mir nicht mitteilen welcher", verkündete Rudolph. „Ja und sie seien irgendwie verbunden, sie funktionieren nur, wenn sie zusammenbleiben. Wir müssen also dafür sorgen das alle lebend zum Bestimmungsort kommen, also auf einen Acker wenige Kilometer vor Freiburg. Schaut mich nicht so an, das war Satans genialer Plan."

Buddy brummte genervt: „Jetzt spuck den Koch aus! Ich habe noch Hunger."

In diesem Moment kam ein Spatz in den Burgerladen geflattert, umkreiste dreimal Rudis Schnauze, kackte Tim auf den Kopf, um dann auf Jens' Schulter zu landen.

„Drecksvieh!", brüllte der Angeschissene und wollte gerade auf den Neuankömmling losgehen, als der Vogel sprach.

„Rudolph, der kleine Köter hat dich verpfiffen. Dein Vater weiß, dass du ausgebüxt bist. Und er ist stinksauer."

Erst blitzte Entsetzen in Rudis Augen auf. Doch dann sah er zu Tim und ein Lächeln erhellte sein Gesicht.

Dem Jungen war dies wohl auch aufgefallen. „Mach jetzt nichts Unüberlegtes. Wir sind doch so was wie Freunde. Ich habe dir geholfen, hierherzukommen."

Rudolph überlegte, ein gemeines Grinsen lag auf seinen Lippen. Dann sagte er: „Wenn du brav bist, fresse ich dich vielleicht nicht."

Während Jens, der schon bei einer Fastfoodkette gearbeitet hatte, mit den Worten „Kennst du eine, kennst du alle" in die Küche entschwand, erzählte uns Rudie was er über die Invasion wusste und wie wir diese abwehren könnten.

Aber erst vernagelte Buddy mit den Tischen die Glasfront. Es musste uns ja nicht jeder sehen.

13

Der Spezialauftrag, den Rudi für uns hatte, war eigentlich recht banal. Da er ja unmöglich einfach so durch die Rheinebene watscheln konnte, sollten wir ein geeignetes Fahrzeug beschaffen. Zugegeben war das Können nicht das Problem, Rudolph war fit und hätte die Strecke leicht bewältigt. Problematisch war, dass es nicht gerade unbemerkt bleiben würde, wenn ein riesiges sprechendes Krokodil auf Wanderschaft ging. Beim letzten Ausflug dieser Art waren die Jungs von der Luftwaffe gekommen. Doch bei dem Zustand der Ausrüstung der Bundeswehr konnten wir es diesmal echt nicht verantworten, dass einer der Soldaten unseretwegen in seinen klapprigen Helikopter stieg.

Wir fuhren also mit der Straßenbahn nach Mannheim Schönau zu einer größeren Spedition, um einen Lastwagen, sagen wir mal, auf unbestimmte Zeit zu borgen. Mich begleitete Buddy. Damit waren die Chancen, dass wir unentdeckt blieben, sehr stark gegen Null gesunken, aber er als Möbelpacker hatte einen LKW-Führerschein. Und wenn wir schon mit einem gestohlenen Fahrzeug von der Polizei angehalten werden würden, dann wenigstens mit einer gültigen Fahrerlaubnis. Es half auch nicht, dass mein Freund während der gesamten Fahrt, mit feuchter Aussprache und lallendem Ton meine Bedenken mit der Argumentation zu verstreuen versuchte, dass die so viele Fahrzeuge hätten, dass eines mehr oder weniger eh nicht auffallen würde.

Mich beunruhigte eher, dass jetzt alle Fahrgäste in unserer Straßenbahn Bescheid wussten und die Flasche Whiskey, die sich im Verlauf der kurzen Zugfahrt rasant lehrte. Aber erst mal lief alles nach Plan für uns.

Das Speditionsgelände stand offen, es war weit und breit keine Security zu sehen – Kameras auch nicht – und es standen gut ein Dutzend LKWs auf dem Hof. Unsere Glückssträhne hielt an und schon die erste Zugmaschine war unverschlossen und der Zündschlüssel steckte.

Ich stand auf der obersten Stufe und wollte mich grade in das Wageninnere schwingen, als hinter dem Fahrersitz ein

Vorhang zur Seite gezogen wurde und ein riesiger tätowierter Glatzkopf mit russischem Akzent fragte: „Was machst du in meinem Truck?"

So überrumpelt suchte ich noch nach einer guten und einleuchtenden Antwort – ich konnte mich verbal aus jeder brenzlichen Situation herausreden –, als mich die Faust des Osteuropäers unbarmherzig im Gesicht traf. Ich flog über einen Meter rücklings auf den Boden, wo ich, wie es sich gehört, zuerst mit dem Hinterkopf aufschlug. Dann war alles um mich herum schwarz.

Ich hörte mir nicht bekannte Stimmen. Auch verstand ich nicht, was sie redeten, sie waren zu weit entfernt. Ich versuchte, die Augen zu öffnen, aber die Lider gehorchten mir nicht. Die Stimmen indes kamen näher und näher.

Und so konnte ich einzelne Worte verstehen: „Volk", „Aussterben", „Letzte Chance", „Neue Heimat".

Und dann plötzlich hörte ich alles klar und deutlich: „Wir müssen alles auf diesem Planeten auslöschen, wenn unser Volk überleben will. Wir haben nur eine Chance."

Ich schlug die Augen auf und erblickte aus unendlicher Schwärze vor mir die Erde. Ich wollte schreien, doch jetzt war alles wie vernebelt und aus dem weiß wabernden Dunst drangen erneut Stimmen an mein Ohr, doch diesmal erkannte ich sie.

„Ist er tot?", fragte Jens.

Rudi antwortete: „Ich habe mit ihm fast ein Jahr Kampfkunst trainiert und du sagst, es war wirklich nur ein Russe, der ihn ausgeknockt hat? Traurig, er hat alles verlernt. Wir müssen wieder bei null anfangen." Und dann sprach er zu Buddy: „Besorge einen richtigen LKW, in den Lieferbus von der Dönerbude, den du geklaut hast, zwänge ich mich nicht rein. Nimm Jens mit, lass ihn aber auf keinen Fall hinters Lenkrad. Er hat schon die letzten drei Kleinwagen zu Schrott gefahren. Ich will nicht wissen, was für Verheerungen er mit einem Vierzigtonner auf der Straße anrichtet."

„Beim Opel konnte ich nichts dafür, da war Nacht", verteidigte sich Jens. „Ich wollte nur kurz eine WhatsApp an meine Freundin schreiben. Kann ich was dafür, dass ein Kreisverkehr da mitten im Weg stand?"

Buddy nickte. „Ich verstehe, was du meinst. Ich lasse ihn nicht fahren."

Endlich lichtete sich der Nebel von Schmerz in meinem Schädel und ich konnte wieder sprechen. So berichtete ich meinen Freunden, was ich geträumt hatte.

Rudi bohrte sofort nach. „An mehr kannst du dich nicht erinnern?" Seinen Plan, mich gleich noch mal umzuhauen, um mehr Informationen zu erhalten, konnte ich gerade noch abwenden.

Letzten Endes rettete mich, dass Rudi ganz dringend kacken musste. Er lief dazu nur über die Rheinbrücke nach Ludwigshafen und verrichtete sein Geschäft am Flussufer. Das fiel dort weder vom Geruch noch vom Gesamteindruck der Grünanlage ins Gewicht.

14

Ungefähr zu der Zeit, als Rudolph sich am Rheinufer erleichterte und damit die Wasserqualität auf Jahre hin zerstörte, wollten sich vier gesuchte Schwerverbrecher auf den Weg zur rettenden Schweiz machen. Aber ihr Aufbruch verzögerte sich.

Tonio packte wirklich alles ein, was nur irgendwie als essbar einzustufen war.

Manfred war im Schlafzimmer seiner Mutter verschwunden. Nur er selbst wusste, was er darin tat.

Horst merkte an, dass sie sich alle besser verkleiden sollten, immerhin war das ganze Land auf der Suche nach ihnen.

Claudia war sofort begeistert von dieser Idee und verschwand mit dem Schminkkoffer von Manfreds Mutter im Badezimmer. Auch von ihr wusste man nicht, was sie dort tat.

Vielleicht wäre das ganze Unglück vermeidbar gewesen, hätte Tonio – er war schließlich der Letzte, der in die Wohnung gekommen war – die Eingangstür geschlossen. Aber so kam jetzt die Nachbarin von gegenüber nach Hause, sah zum einen das zerrissene polizeiliche Siegel und zum anderen die geöffnete Wohnungstür. Sie tat also, was jede Frau in dieser Situation getan hätte: Sie ging in die Wohnung, um nachzuschauen, wer dort war und was derjenige tat.

Sie hörte Stimmen aus der Küche und folgte ihnen. Als sie eintrat, sah sie erst einen kleinen übergewichtigen Südländer, der irgendetwas futterte, während er gerade Brühwürfel in eine riesige Tasche randvoll mit Lebensmitteln stopfte. Dann fiel ihr Blick auf den zweiten Mann und den erkannte sie sofort. Es war der schwule LKW-Fahrer, der die junge Familie auf der Autobahn getötet hatte. Sie konnte sich noch genau an das Foto in der Tageszeitung erinnern. Okay, jetzt hatte er was an, aber das war er.

Wäre die Nachbarin jetzt in ihre Wohnung gegangen und hätte die Polizei angerufen, wäre noch alles gut geworden. Doch sie trat in den Raum und tippte den fetten Schwarzhaarigen an. „Schämen Sie sich nicht, die arme Frau Maier zu bestehlen, Gott hab sie selig. Aber was soll man von jemandem erwarten, der mit so was herumhängt!" Damit zeigte sie mit dem Finger verächtlich zu Horst. „Gehören Sie zu dem seiner Sippschaft?", zeterte die Alte weiter.

„Ich bin nicht schwul, ich bin verheiratet", versuchte sich Horst zu rechtfertigen.

Von dem Wortwechsel in der Küche aufgeschreckt, fühlte sich Manfred jetzt doch bemüßigt, das Schlafzimmer seiner Mutter zu verlassen.

Als die Nachbarin ihn erblickte, rief sie: „Mörder! Er hat seine eigene Mutter erstochen. Ich hole die Polizei!".

Jetzt machte sie sich auf den Weg in ihre Wohnung, aber sie kam nicht weit. Manfred zog eine Pistole und schoss der alten Frau in den Rücken.

Mit einem hasserfüllten „Hexe" schoss er noch zweimal auf die am Boden liegende.

„Spinnst du?", brüllte Horst und sah gleich darauf selbst in den Lauf der 9-Millimeter-Waffe.

„Halts Maul, sonst bist du der Nächste", zischte Manfred.

Zitternd nahm Tonio eine Zigarette aus der Schachtel, da schwang der Lauf der Pistole auf ihn und der Schütze brüllte nun ihn an: „Meine Mutter mag es nicht, wenn in der Wohnung geraucht wird."

Claudia, die nach dem Schuss ihr Ohr an die Badezimmertür gepresst hatte, nahm ihr Handy und rief den Notruf.

In den folgenden Minuten stieg die Zahl von Polizisten rund um das Gebäude, in dem sich die vier aufhielten, exorbitant an.

15

Als Rudolph über die Kurt-Schuhmacher-Brücke zurück nach Mannheim lief, sah er gut ein Dutzend Polizeihelikopter über einem Gebiet nahe dem Bahnhof kreisen. Erst befürchtete er, dass unser Unterschlupf dort aufgeflogen sei, aber je näher er dem Gebäude kam, umso mehr zeichnete sich ab, dass die Hubschrauber etwas südwestlich davon flogen. Ebenfalls bemerkte Rudolph, dass auch eine große Anzahl an Polizeiwagen in diese Richtung unterwegs waren.

Dazu kam, dass immer noch niemand Notiz von ihm nahm. Als dann auch noch ein SUV seinen Schwanz rammte, glaubte er fast, unsichtbar zu sein. Der Gedanke verflog aber gleich wieder, als ein aufgeblasener Anzugträger aus dem Auto stieg und brüllte, dass er den Schaden bezahlen müsse, wenn sein Geländewagen nur ein Kratzer hätte.

Rudi war so verärgert über den fehlenden Respekt, der ihm entgegengebracht wurde, dass er den Luxusschlitten mit seinem Schweif von der Brücke in den Fluss schleuderte. Mit einem „Schreib das mit auf die Rechnung" ließ er den verärgerten Fußgänger auf der Straße stehen.

Im Bahnhof angekommen stellte er sich unauffällig in die Nähe von zwei Polizisten, um diese zu belauschen und erfuhr, dass die minderjährige Tochter schwanger sei und der Sohn Probleme mit oder halt ohne Drogen hatte. Rudolph schlich weiter zu zwei anderen Beamten und diese redeten darüber, dass die vier gesuchten Schwerverbrecher sich in einer Wohnung in Neckarstadt verschanzt hatten und es schon mindestens ein unbeteiligtes Opfer gebe.

Jetzt wurde die Sache kompliziert. Zum einen konnte Rudolph nicht zulassen, dass einer der vier erschossen wurde – zumindest nicht, so lange nicht klar war, wer von ihnen letztlich die Erde vor dem Untergang retten würde – und zum anderen wollte er endlich den genauen Zeitpunkt für dieses Ereignis wissen.

16

Rudolph stürmte in unseren Unterschlupf, in dem ich nur mit Fritzi, dem sprechenden Spatzen, saß. Dass der Vogel sprach, war an und für sich nichts Besonderes, nur dass er das mit Menschen tat, war ungewöhnlich.

Rudolph verkündete: „Wir brauchen mehr Informationen." Gleich nach dieser Ankündigung versuchte er mich, den fast allwissenden Erzähler, mit einer gewaltigen rechten Geraden ins Land der Träume zu schicken.

Er setzte zu einer tödlichen Rechts-Links-Kombination an, doch ich wich den Schlägen spielerisch aus.

Dabei verhöhnte ich meinen Freund. „Schwebe wie ein Schmetterling, stich wie eine Biene."

In diesem Hochgefühl brachte ich nun selbst Treffer an. Rechts, links, rechts auf den Augendeckel.

„Hörst du jetzt mit dem Blödsinn auf?", beschwerte sich Rudolph.

So im Kampf vertieft bemerkte ich nicht mal, dass Buddy und Jens von ihrem Auftrag zurückgekommen waren. Wieder setzte Rudolph, dem langsam die Puste ausging, zu einer Serie von wilden Schwingern an, die allesamt ihr Ziel verfehlten. Tänzelnd wich ich zurück – und dann gingen die Lichter aus.

Mich hatte eine von Jens' geschwungenen Bratpfannen am Hinterkopf getroffen.

Gleich darauf wurde ich mit einem Eimer Wasser unsanft geweckt.

„Was hast du geträumt?", fragte Rudi.

„Bist du doof?", stellte ich eine, so glaubte ich, berechtigte Gegenfrage. Zack – und wieder hatte mich die Bratpfanne hart am Kopf getroffen.

Kurz darauf wurde ich erneut mit einem Eimer geweckt. Nun war ich triefend nass.

„Was hast du geträumt?", brüllte mich Rudolph an.

„Von Krokodilsteaks auf dem Grill", antwortete ich megaangepisst.

Rudolph wandte sich ab. „Lassen wir das, so klappt es nicht, aber wenn alles Leben auf der Erde ausgelöscht wird, dann weil du dich nicht angestrengt hast."

Im Aufstehen raunte ich Jens zu: „Und du, Judas, schläfst besser nicht in meiner Gegenwart."

17

Die Lage in Mannheim Neckarstadt war zwar angespannt, aber erst mal stabil. Die Einsatzleitung bewahrte Ruhe, ließ zunächst das Gebäude und die umliegenden Straßenzüge räumen. Dann brachten sich die Schafschützen in Stellung. Zeitgleich näherte sich dem Haus eine Gruppe vom SEK, die, wenn der Befehl kam, die Wohnung stürmen sollten. Anschließend versuchten sie, Kontakt aufzunehmen, aber der Telefonanschluss in der Wohnung war abgemeldet.

Die Nachfrage beim Anbieter ergab, dass der Anschluss von Frau Maier durch ihr Ableben stillgelegt wurde. Dies war ja nicht schlimm, nur dass sie sich weigerten, ihn wieder zu aktivieren, bevor Frau Maier dies persönlich und mit Unterschrift beauftragt hatte, brachte den Einsatzleiter an den Rand der Verzweiflung.

Also gaben sie Detlef Kowalski eine Flüstertüte in die Hand. Er sollte die Verhandlungen mit den Verbrechern führen. Der gute Detlef war sehr nervös. Aufgrund der chaotischen Lage, die wegen des Gefangenenausbruches in der Stadt herrschte, konnte keiner der Verhandlungsführer der Polizei rechtzeitig am Einsatzort sein. So nahmen sie einen Gebrauchtwagenhändler, der seinen Autohandel wenige Kilometer entfernt in Mannheim Rheinau hatte.

Wer Menschen für viel Geld schrottreife Kisten andrehen konnte, würde auch die Bande zum Aufgeben überreden. So war zumindest der offizielle Tenor. Leider ging der Plan gründlich in die Hose.

Bedauerlicherweise hatte Kowalski erst ein halbes Jahr zuvor für viel Geld einen, wie er sagte, Check-Heft gepflegten VW Golf mit sehr wenigen Kilometern auf dem Tacho verkauft. Dumm war nur, dass die Käuferin dieses Schmuckstückes ausgerechnet Manfreds Mutter gewesen war. Auch nicht positiv auf die folgenden Verhandlungen wirkte sich aus, dass das Fahrzeug auf der kurzen Fahrt vom Gebrauchtwagenhändler zur Wohnung der Maiers mit Kolbenfresser, aber dafür ohne Motoröl liegen geblieben war.

Gut, Kowalski war fein raus, keine Gewährleistung und gekauft wie gesehen. Es war letztlich nicht klar, was die Verhandlungen zum Scheitern brachte.

Ob sich Manfred nicht genügend wertgeschätzt fühlte, weil sie ihm zur Verhandlung einen Gebrauchtwagenhändler schickten oder ob er immer noch einen persönlichen Groll gegen Detlef hatte, war völlig unklar.

Tatsache war jedoch, dass Manfred eine seiner beiden letzten Patronen dafür verwendete, in Richtung Kowalski zu schießen. Die Kugel verfehlte weit sein Ziel und tötete einen städtischen Mülleimer auf der gegenüberliegenden Straßenseite. Doch das war der Tropfen, der das Fass zum Überlaufen brachte. Alles, was eine Waffe hatte und in der Lage war, den Abzug zu betätigen, tat dies.

Die Helikopter richteten sich aus und schossen mit ihren Maschinengewehren, bis die Läufe rot glühten. Eigentlich war geplant gewesen, dass auch noch zwei Hubschrauber der Bundeswehr den Einsatz unterstützen und mit LuftBoden-Raketen das Haus unter Beschuss nehmen sollten, um den Widerstand der Bande zu brechen. Doch zum Glück für den ganzen Stadtteil waren die Fluggeräte so marode, dass sie nicht abhoben.

Manfred hatte aber ohnehin jede Angriffslust verlassen. Kriechend rettete er sich mit seinen drei Begleitern erst ins Treppenhaus und weiterrobbend auf die Straße, wo sie sich bäuchlings hinlegten, Beine gekreuzt, Hände hinterm Kopf. Davon nahm aber erst mal keiner Notiz.

Es wurde munter weitergeballert, als wären sie Amerikaner auf einem Schießstand. Im Verlauf der folgenden Viertelstunde bemerkte ein Beamter die am Boden Liegenden und nach und nach stellten die Polizisten das Schießen ein. Letztlich wurden ein halbes Dutzend Opfer gezählt – alle leitende Beamte, mit Kugel im Rücken.

Der Staatsanwalt machte sich erst Gedanken, ob er Manfred wirklich all diese Morde zur Last legen konnte. Bis er von einem Ballistiker eine Lösung für sein Problem präsentiert bekam. Sollte Manfred je vor einen Richter treten, würde der Ankläger eine Ein-Kugel-Theorie vorbringen, gestützt durch mehrere Gutachten. Demnach war die Patrone gut 300 Meter durch die Luft geflogen, mal hier und mal da hin. Sie hatte auf ihrem Zickzack-Kurs zielsicher 6, teils meterweit voneinander entfernte Polizisten tödlich im Rücken getroffen. Diese magische Kugel war dann in fast fabrikneuem Zustand auf der Trage eines der Opfer gefunden worden.

Ein junger Physiker konnte dies zudem anhand physikalischer Modelle und Berechnungen der Wirbelströme um die Helikopter-Rotoren klar beweisen.

Kurz, das Ganze war gequirlte Kacke, aber wenn es vor Gericht gelten würde, hätte Manfred keine Chance. Er würde das Gefängnis nie mehr verlassen.

18

Jens war in der Folge sehr bemüht, auf gut Wetter zu machen. Er ging sogar zum Bioladen auf der gegenüberliegenden Seite des Bahnhofvorplatzes, um zur Versöhnung ein besonders gutes Steak für mich zu kaufen. Blöd nur, dass ich seit Längerem versuchte, mich vegetarisch zu ernähren, aber die Geste war das, was zählte.

Zudem war auch er schuld daran, dass der zweite Anlauf, einen Lastkraftwagen zu besorgen, genauso glanzvoll gescheitert war wie der erste. Sie hatten zwar ein passendes Fahrzeug gefunden und konnten das Zündschloss sogar kurzschließen. Nur der Sitz klemmte und so passte Buddy nicht hinters Steuer.

Dann passierte, was nicht passieren hätte dürfen: Jens sah in Mannheim Neckarstadt einen Handyladen und da ich seines früher am Tag, sagen wir mal, außer Dienst genommen hatte, war es die Gelegenheit für ihn, wieder erreichbar zu sein.

In diesem Stadtteil ist es so gut wie unmöglich, einen Parkplatz zu finden und wir reden hier nicht von einer legalen Möglichkeit, das Fahrzeug abzustellen. Nein, es handelt sich um eine Fläche, auf der man, für einen kleinen Obolus an die Stadt, einen Kleinstwagen parken konnte, ohne dass eine der 5 Millionen Politessen veranlasste, dass er abgeschleppt wird. Ganze Abschleppunternehmen generierten ihren Jahresumsatz damit, Falschparker in diesem Stadtteil abzuholen. Mit einem Truck dort abzustellen, war legendär. Jens hatte dies auch nur in zweiter Reihe und durch völliges Blockieren der Straße geschafft.

Er schaute sich gerade ein sündhaft teures Gerät aus China an, das man auffalten konnte, um die doppelte Bildschirmgröße zu haben, als ein gelber Engel seinen LKW unter Applaus der im Stau stehenden Autofahrer abschleppte.

Buddy konnte sich gerade noch retten, weil die aufgebrachte Menschenmenge jeden im Lastwagen lynchen wollte. Er redete sich damit heraus, dass er den Bock kurzschließen wollte, um ihn aus dem Weg zu fahren. Da dies der Auffindesituation entsprach, überlebte er.

Zu ihrem Glück fuhr jede Straßenbahn zum Hauptbahnhof. Jens hatte sich dann doch kein neues Smartphone gekauft. Zwar hätte er gern das Teil gehabt und Geld hatte er auch, aber nach dem klar war, dass der Truck auf seine Kappe ging und er ungefähr erahnen konnte, wie sich dies auf die Lebensdauer seines neuen Telefons auswirken würde, hatte er sich die Kohle lieber gespart.

Zwei Dinge wollte ich damit sagen: Ich war nicht der einzige, der Jens am liebsten steinigen wollte und wir hatten immer noch kein Fahrzeug. In dieser miesen Stimmung klopfte es außen. Tim stand da, ich hatte gar nicht mitbekommen, dass er verschwunden gewesen war. Er erklärte, dass er den kleinen Toyota zurückgebracht und dafür den Familien Campingbus geholt hätte. Rudi überlegte kurz, aber er war früher am Tag schon unbequemer gereist.

19

Für Rudolphs Vater zog sich die Zeit ins Unerträgliche und das lag nicht daran, dass die Zeit in ihrer Welt viel langsamer verstrich als bei uns auf der Erdoberfläche. Rudolph war von Zuhause gerade mal zwei Stunden weg, während es bei uns am darauffolgenden Tag schon langsam wieder Abend wurde. Aber das Geklimpere und Gejaule dieses gottverdammten Frosches war schon in homöopathischen Mengen – sagen wir mal zwei, drei Minuten – unerträglich.

Artur ertrug dies jetzt schon geschlagene zwei Stunden, seine Frau war freilich entzückt. Was war schon ein Monatslohn im Vergleich zu diesem Erlebnis? Zu ihrem nächsten Geburtstag würde es den Diamantring geben.

Er sah, wie unten zwei Dobermänner hereinkamen: recht jung und gerade mal zwanzig Meter lang, an ihren billigen Kleidern leicht zu erkennen, Geheimdienst oder Polizei. Die kamen natürlich wegen seines Sohnes, der mal wieder in die Oberwelt ausgebüxt war. Er würde ihm so den Hintern versohlen, wenn er ihn in die Hände bekam. Gut, die Jungspunde würde er mit ein paar Geldscheinen beschwichtigen, bei deren Verdienst sollte das kein Problem sein.

Doch dann änderte sich die Situation schlagartig, denn den zwei winzigen Hunden folgte eine Ratte, mindestens vierzig Meter lang, wenn nicht mehr, und dabei war noch nicht mal der Schwanz mitgemessen. Politiker, wahrscheinlich Minister oder ein verdammt hohes Tier bei den Ermittlungsbehörden. Artur schluckte. Dies überschritt seinen finanziellen Rahmen um ein Vielfaches. Hinter ihnen tippelte eine winzige Maus. Artur erkannte den Ticketverkäufer sofort, als dieser nun mit seiner Pfote auf ihn zeigte.

Die Ratte kam auf direktem Weg zu ihm, dabei achtete sie nicht auf das Publikum, sie trampelte rücksichtslos wie an der Schnur gezogen auf ihn zu. Jeder, der nur einen Mucks machte, hatte einen ihrer Dobermänner an der Kehle. Artur stellte sich Kampfbereit auf, ohne Gegenwehr würde das hier nicht ablaufen.

Doch zu seiner Überraschung redete die Ratte ihn höflich an: „Sie sind Artur, Vater von Rudolph. Stehen Sie mit Ihrem Sohn in Kontakt? Unsere Welt steht vor dem Ende, wir haben Informationen für ihn, die er und seine Mitstreiter unbedingt brauchen."

Artur wollte gerade antworten, als der Frosch auf der Bühne quakte: „Entschuldigen Sie, ich gebe hier ein Konzert. Gehen Sie mit ihrem infernalischen Lärm gefälligst vor die Tür!"

Der Blick der Ratte war eiskalt, einige der Jüngeren im Saal zitterten als sie zischte: „Nein, ich entschuldige nicht!" Dann fragte sie Artur: „Gute Vorstellung? Wollen Sie sich das weiter anhören?"

Im selben Moment, als er mit dem Kopf schüttelte, sprangen die beiden Hunde los und zerfleischten den Frosch. In dem Raum brach Panik aus. Alle rannten zum Ausgang, die meisten stolperten über Möbel oder ihren Vordermann. Das Durcheinander war unvorstellbar.

„Ich kann nicht zu meinem Sohn. Er ist in der Oberwelt, da darf keiner von uns hin", antwortete Artur kleinlaut. Das Sich-nicht-kampflos-ergeben hielt er nach dem Gesehenen nicht mehr für den besten Plan.

„Über ,wir dürfen nicht' und ,oben darf uns keiner sehen' sind wir hinweg. Sollten Rudolph und seine winzigen Freunde aus der Oberwelt die Eindringlinge nicht stoppen, sind wir am Ende der Woche alle – egal ob Ober- oder Unterwelt – tot. Er muss wissen: Breitengrad 48.74 | Längengrad 8.11. In vier Tagen zur sechsten Stunde abends werden die Invasoren aus ihrem Gefängnis befreit. Wenn das passiert, wird keiner Überleben. Sagen Sie ihm das!"

„Dann müssen wir in die Oberwelt. Wir sind größer, mächtiger, mutiger. Wenn jemand die Feinde abwehren kann, dann sind es wir!", sagte Artur, dessen Kampfgeist jetzt, da er wusste, dass es um den Planeten ging, erwacht war. Er würde ganz sicher nicht zusehen, wie lächerliche Menschen und sein dreijähriger Sohn als letzte Bastion dienten.

„Artur, Sie sind ein mutiges und starkes Krokodil. Nur haben wir gegen diesen Gegner keine Chance. Wir sind zu groß. Sagen sie Rudolph, wo und wann es passiert und richten Sie ihm aus, dass unser aller Hoffnung auf ihm liegt. Viel Glück." So verließ die Ratte den Saal wie sie ihn betreten hatte: auf direktem Weg, ohne auf die am Boden Liegenden zu achten.

Kaum war sie durch die Tür, schlug Arturs Gattin ihm mit voller Wucht auf den Arm. „Wenn du mich wirklich lieben würdest, hättest du gesagt, dass du das Stück mit Freuden zu Ende hören willst!"

Er nahm seinen Geldbeutel und sah im Scheinfach nach. Das war schon sehr viel Geld, aber jetzt durfte er keinen Fehler machen. Deswegen nahm er schweren Herzens seine Kreditkarte heraus und gab sie ihr: „Bei welchen Juwelier gab es noch mal den Diamantring, der dir so gut gefallen hat?"

20

Artur ließ es sich nicht nehmen, selbst nach Mannheim zu reisen. Ein Grund war auch die Sonne – in der Unterwelt war diese nur an der Pforte zu uns zu sehen. Sein gewählter Übergang war in einem Meer, was kein Problem darstellte, da er als Alligator hervorragend schwimmen konnte. Gut, als Süßwasserkrokodil war ihm diese salzige Plörre schon zuwider, aber zur Not ging es.

Doch es handelte sich um eine Sperrzone. Bewacht wurde diese von riesigen Haien, die mindestens so groß wie er selbst waren. Mit jedem von ihnen alleine konnte er es jederzeit aufnehmen, aber sie patrouillierten meist in Gruppen. Der Luftraum der Sperrzone wurde von Drachen bewacht, üble Zeitgenossen. Sie waren sozusagen die Ureinwohner der Unterwelt.

Anfangs, als nach und nach andere Lebewesen von oben mehrheitlich durch Zufall hierhergekommen waren, waren sie die vorherrschende Rasse gewesen. Sie waren grausam und verbreiteten Angst und Schrecken. Doch mit der Zeit stellte sich heraus, dass alles hier unten wuchs und die feuerspeienden Reptilien, deren Größe blieb, genau wie sie waren. Dies und ihre charakterlichen Schwächen machten sie bald sehr einsam und sie sanken in der Hierarchie weit, sehr weit nach unten.

Jetzt stellt sich natürlich die Frage, warum nie ein Mensch durch die Passage in die Unterwelt kam.

Die Antwort ist einfach: Klar kamen sie, sogar der größte Teil derer, die kamen, waren Menschen. Aber die Tiere, die hier lebten, hatten schon in der Oberwelt genug schlechte Erfahrungen mit uns gemacht und auf einen riesigen Zweibeiner hatten sie daher keinen Bock. So wurde jeder Homo sapiens , der ankam, sofort gefressen. Was der eigentliche Grund für die Haie war. Sie waren zwar viel zu dumm, um Passierscheine zu lesen, aber im Fressen des Homosapiens waren sie unschlagbar.

Drachen konnten lesen, niemanden leiden und dazu ging ihnen Geld am Allerwertesten vorbei. Damit waren sie auch noch unbestechlich. Sie waren also fast perfekt für diesen Job. Ihr einziger Nachteil und der Grund, warum Arturs Sohn ihnen durch die Lappen gegangen war, war ihre Faulheit. Wie alle Reptilien liebten sie es, in der Wärme zu liegen. Irgendwann setzte die Gewerkschaft durch, dass ihnen Pausenzeiten zustehen würden. Deswegen wurden überall in der Sperrzone kleinere schwimmende Plattformen ausgesetzt, fest vertaut mit dem Meeresboden und mit Infrarotlampen bestückt. Sie sollten ja auch an Ort und Stelle bleiben.

Und da lagen sie nun.

Artur schwamm näher und wurde von vier Haien gestellt, denen er seinen Passierschein zeigte. Natürlich konnte keiner der Fische lesen. Sie eskortierten ihn zu einer der Pauseninseln und übergaben das Dokument einem der dort dösenden Drachen. Der Jüngste las das Papier durch. Alles wäre gut gewesen, hätte die Ratte den Schein nicht selbst unterzeichnet, sondern dies einen ihrer untergebenen machen lassen.

So knurrte jedoch der Drache mies gelaunt: „Odin, Gott der Unterwelt. Geht's noch eine Nummer größer?"

„Wenn du mir nicht glaubst, ruf ihn an und frage ihn?", schlug Artur vor.

Jetzt wechselte der Feuerspucker die Farbe von Graugrün auf eine, die schon ins Rötliche spielte. Auch die anderen standen nun auf und traten ihrem jungen Kollegen zur Seite.

Artur sah ein: So kam er hier nicht weiter. Er nahm sein Mobiltelefon und rief Odin an.

Der ließ ihn gar nicht erst zu Wort kommen: „Was, du bist immer noch in der Unterwelt? Es geht um jede Sekunde!"

„Ja. Aber die Drachen lassen mich nicht durch, weil der Passierschein von dir unterschrieben ist", erklärte er.

„Verstehe, welcher von denen, der wo direkt vor dir steht?"

Artur wollte gerade antworten, als ein Blitz aus dem Firmament in den Drachen fuhr. Dieser glühte, es roch nach Hähnchen, dann lag er tot und perfekt gegart vor dem Krokodil.

In diesem Moment erschallte eine Stimme. Sie war ohrenbetäubend und kam von überall: „Drachen, ihr fliegt Artur in die Oberwelt, dahin, wo er hin muss!"

Und nach einer kurzen Pause fügte Odin noch beiläufig hinzu: „Und werft das Haifutter ins Meer."

Schon hatten vier Drachen Artur gepackt und flogen ihn durch die Passage über den Atlantik und Frankreich nach Mannheim zum Hauptbahnhof.

21

Wir saßen im Fastfood-Restaurant im Untergeschoss des Hauptbahnhofs und beratschlagten, wie es weitergehen sollte. Klar war, ohne Ort und Zeit der Invasion waren wir blind. In diesem Moment vibrierte der Boden leicht. Ich sah auf meinen Kaffee, auf dem rhythmisch kleine Wellen spielten. Fritzi, unser flatternder Freund, war der, der am besten hörte. Ihm stellten sich die Rückenfedern auf. Jetzt erzitterte schon der ganze Tisch, an dem wir saßen und leises „Bumm. Bumm. Bumm" drang an unsere Ohren.

Dann schallte die ohrenbetäubende Stimme von Rudis Vater durch das Untergeschoss: „Rudolph, komm raus!"

Während Buddy zum Eingang ging und die Bretter wegnahm, versuchte sich unser Freund unter dem Tisch zu verstecken.

„Schnell, wirf eine Tischdecke über mich", flehte Rudi.

„Hast du dir mal den Laden angesehen? Hier gibt es so was nicht", antwortete ich belustigt, nahm ihm aber dann doch noch das rot-weiße Verkehrshütchen von der Schwanzspitze, sodass er nicht sofort zu finden wäre.

Artur sah Rudolph trotzdem sofort, als er hereinkam. Dann zog er das zitternde Häufchen Elend hervor und legte Rudolph auf seine Knie. Er holte gerade mit der Vorderpfote aus, als er sich an uns wandte: „Ihr geht jetzt besser raus."

Ich verstand und sagte: „Stimmt, gebietet der Anstand. Ist unserem Freund bestimmt peinlich, dass wir ihn so sehen."

Doch Artur schüttelte nur belustigt den Kopf. „Blödsinn, ihr habt nur zu dünne Trommelfelle. Die überleben seine Schmerzensschreie nicht."

Im Gehen sah ich mit Bestürzung die Panik in den Augen meines Kumpels.

Als wir auf den Bahnhofsvorplatz traten, hörten wir ein ohrenbetäubendes Klatschen, gefolgt von einem markerschütternden Schrei. Das wiederholte sich ein Dutzend Mal und glaubt mir, das Klatschen wurde bei jedem Mal lauter.

Auf einmal war alles still, eine sehr alte Frau kam mit ihrem Rollator an uns vorbei und fragte, ob die Engländer uns wieder bombardieren würden. Dann vibrierte der Boden und vor uns stand Artur.

„Ich habe Rudolph den ungefähren Ort und die Zeit für die Invasion gesagt. Ich drücke euch die Daumen, dass ihr sie aufhalten könnt." Er wandte sich schon zum Gehen als er noch einmal innehielt. „Rudolph bittet euch, Kissen und Decken mit nach unten zu bringen. Er wird wohl die nächsten Tage nur sehr schlecht sitzen können."

22

Schwer beladen mit allerlei weichen Utensilien kamen wir eine Stunde später zurück in unseren Unterschlupf. Rudi bot ein Bild des Schreckens: Er lag rücklings auf dem Boden und streckte die Hinterbeine rechts und links von sich.

Unwillkürlich kam mir eine andere Gelegenheit für eine solche Pose in den Sinn und ich musste laut lachen.

Zu meinem großen Schrecken wimmerte unser Freund nur leise: „Wo wart ihr denn so lange?"

„Hast du mal auf die Uhr gesehen? Jetzt hat kein Geschäft mehr auf, das Bettwaren verkauft. Wir mussten in ein Hotel in der Augustaanlage, um uns dort im Lager zu bedienen. War im Übrigen Tims Idee, sonst hätten wir nichts mitgebracht", rechtfertigte ich unser spätes Kommen.

„Ja, war ein genialer Plan von mir", erzählte unser Jüngster nicht ohne Stolz. „Wir haben unseren fast Allwissenden zur Dame an der Rezeption geschickt. Er sollte sie angraben und während er Süßholz raspelte und sie ablenkte, räumten wir anderen das Lager leer."

„Und das hat geklappt?", wollte Rudolph wissen.

„Ja, fast, also so ähnlich. Unser fast Allwissender hat gerade so richtig losgelegt, als das Mädel kotzen ging und wir freie Bahn hatten", lachte unser Filius.

Rudolph sah mich fast traurig an. „Fast allwissend. Hm, das hättest du auch kommen sehen können."

„Gehen wir jetzt endlich einen heben, ich bin schon fast nüchtern", maulte Buddy.

Ich sah zu Rudolph, zu der rot geschwollenen Stelle zwischen seinen Beinen und wollte gerade sagen, dass wir unseren Kumpel so nicht alleine lassen können, als Jens mit einem Eimer Eiswürfel aus der Küche trat. Ich hatte gar nicht mitbekommen, dass er dort hingegangen war.

Mit den Worten „Verschwindet ihr ruhig in die Bar, ich kümmere mich um Rudolph" kippte der den ganzen mit Eiswürfel gefüllten Eimer in dessen Schritt.

Unser Freund schrie nicht, aber sein Blick erinnerte mich an Männer, denen mit voller Wucht in die Klöten getreten wurde.

Im Gehen hörte ich unser Krokodil nur Flüstern: „Sollte ich je wieder auf vier Pfoten stehen können ..."

Was dann passieren würde, konnte ich nicht mehr hören, weil Buddy ein für sein Gewicht beachtliches Tempo an den Tag legte.

Wir gingen auch nicht weit, aber kaum waren wir in der Fußgängerzone, sagte mir eine innere Stimme, wir sollten eine sündhaft teure, aber kaum besuchte Bar ansteuern.

Tatsächlich saßen dort außer uns nur noch vier Anzugträger und nippten an ihren Getränken.

Buddy maulte schon „Kommt, lasst uns austrinken und gehen. Da ist in einem Seniorenheim mehr los", als einer der vier das lautstark das Wort erhob.

„Mit uns Pflichtverteidigern können Sie es ja machen. Gemeinschaftlicher Neunfachmord. Also mein Mandant sagt, er wäre nur eine Geisel und dein Mandant", er zeigte auf einen dürren grauhaarigen mit Hakennase, „Manfred Maier hätte alleine gehandelt und wäre auch der einzige mit Waffe gewesen."

„Ja, das deckt sich auch mit der Aussage meines Mandanten", sagte der Jüngste am Tisch. „Er sagt, er wäre froh, dass er ihn nicht auch erschossen hat. Nur, weil er eine Zigarette rauchen wollte, hätte dieser Manfred mit seiner Pistole auf ihn gezielt."

Hakennase kratzte sein lichtes Haupthaar. „Pistole, von der steht aber nichts in der Anzeige. In der gibt es nur eine Langwaffe, eine", er las kurz von einem Zettel vor sich ab, „Carcano 91/38, Kaliber 6,5 mm x 52. Und damit soll er in zwölf Sekunden dreimal geschossen haben? Ein Verletzter in der Unterführung. Um dort hinzuschießen, hätte er sich schon aus dem Fenster lehnen müssen. Dann eine angeblich magische Kugel, die sieben Polizisten getötet haben soll. Die fliegt mehrere Kurven, wechselt die Flughöhe und am Ende sind die Beamten tot? Am Ende der letzte Schuss, ein gezielter Kopfschuss auf den Autoverkäufer, angeblich aus Rache. Das ist doch alles Blödsinn, wenn ihr mich fragt. Das stinkt zum Himmel!"

„Also meine Mandantin hat sich in Todesangst im Bad versteckt", sagte der dickste der vier mit dicht gelocktem Haar, das ihm weit vom Kopf abstand. „Ich werde morgen eine Trennung der Verfahren beantragen."

Hakennase schaute etwas bedröppelt. „Aber wir treffen uns alle morgen Früh um acht Uhr in der Tiefgarage des Landesgerichts, wenn sie unsere Mandanten von der JVA überführen."

Mir kam das alles irgendwie bekannt vor. Ich weiß nicht, es klang alles so 60-er-Jahre-mäßig, aber ich konnte mich nicht erinnern.

In meine Gedanken mischte sich Buddy ein. „Gehen wir, Google sagt, nur zwei Straßen weiter sei eine echt angesagte Bar mit Livemusik."

Irgendeine Alarmglocke in meinem Kopf schellte laut auf. „Wir sollten morgen sehr früh aufstehen, die vier dürfen nicht um acht Uhr in diese Tiefgarage."

Buddy war noch viel zu nüchtern, um den Abend zu beenden und zog alleine weiter. Ich sah ihn erst Stunden später wieder, als er laut singend zurück in unseren Unterschlupf kam und uns alle weckte.

Ich dagegen ging zu Rudi und berichtete ihm.

Das Krokodil sah mich entgeistert an. „Ja, er sollte nicht in die Tiefgarage, in Geschichte nicht aufgepasst? Wir fangen den Gefangenentransport an der Ampel vorm Gerichtsgebäude ab." Dann zwinkerte er mir zu und fügte einen für mich völlig unlogischen Satz hinzu. „Dann kann der schießwütige Bordellbesitzer warten, bis er schwarz wird."

Wir gingen schlafen und taten dies alle recht gut, bis, wie schon erwähnt, Buddy kam und uns mit einer schrecklichen Interpretation von „An der Nordseeküste" weckte.

23

Am nächsten Morgen klingelte unanständig früh der Wecker. Ich drückte ihn mehrmals aus, um mich dann doch dem Unvermeidlichen zu fügen. Zu meiner Überraschung war Rudi schon wach und der kam morgens wirklich kaum aus dem Bett. Auch Tim musste bereits auf sein, denn er war nirgends zu sehen. Jens lag auf dem Tisch und schnarchte. Da er fürs Kaffeekochen zuständig war, ging ich erst mal zu ihm und schubste ihn runter. Okay, er nahm das nicht so gut auf, aber immerhin war er jetzt wach. Zu Buddy sparte ich mir den Weg. Erstens bekam ich ihn nicht alleine vom Tisch und zweitens gäbe dies ein Erdbeben.

Nachdem ich Jens in Richtung Kaffeemaschine laufen gesehen hatte, schlurfte ich zur Toilette, um mich am Waschbecken etwas frisch zu machen. Ich wollte gerade die Türe öffnen, als mir Rudi entgegenkam.

„Konntest du vor Schmerzen nicht schlafen?", fragte ich.

„Nein, wieso? Ich musste kacken. Ist es denn schon so spät?", antwortete mein Freund schlaftrunken. Im Weggehen hörte ich ihn noch murmeln: „Ich muss Jens vom Tisch werfen, brauche Kaffee."

Zu spät, dachte ich noch und was ich dann tat, kann nur verstehen, wer schon mal nach einem Krokodil aufs Klo gegangen ist. Ich machte kehrt und ging zum Damen WC, um mich dort frisch zu machen.

Auf dem Weg zurück traf ich Tim. Er war von oben bis unten mit grüner und weißer Farbe besudelt und erklärte, den Familiencampingbus zum Polizeiwagen umlackiert zu haben.

Ein koffeinhaltiges Heißgetränk blieb uns verwehrt. Jens hatte es zwar zur Maschine geschafft, war dort aber mit dem Kopf auf dem Bedienfeld gelehnt wieder eingeschlafen. Eine beachtliche Leistung, wie ich zugeben muss, jedoch nicht von Rudolph gewürdigt. Dieser zog ihm kurzerhand mit seiner Schwanzspitze die Füße weg. Jens schlug hart mit dem Schädel auf dem gefliesten Boden auf, aber da kein Blut floss, ließen wir ihn dort liegen.

Zu dritt machten wir uns dann auf. Da weder ich noch Rudi den Bus fahren konnten, mussten wir Tim notgedrungen als Fahrer mitnehmen. Wir waren sogar überpünktlich und hatten noch gut eine Viertelstunde bis der Gefangenentransport kommen sollte. Im Radio lief gerade eine Sondersendung.

Der Hauptverdächtige sprach: „Ich habe niemanden umgebracht, ich bin nur der Sündenbock."

Rudolph sah fassungslos auf das Gerät, seine Farbe wechselte von grün auf weiß. Dann sagte er resignierend: „Scheiße. Falsches Parkhaus."

Er sprang aus dem Bus und mit einem Satz auf die Motorhaube eines an der roten Ampel stehenden Ferraris. Dann rannte er los. Was ihm im Weg war, schleuderte er weg oder trampelte es nieder. Rudolph hinterließ eine zehn Kilometer lange Spur der Verwüstung auf dem Weg zur JVA in Mannheim Herzogenried. Er stürmte genau in dem Moment in die Tiefgarage, als die Verbrecher durch eine Tür zum mit laufendem Motor wartenden gepanzerten Fahrzeug gebracht wurden.

Ein älterer Mann im schäbigen braunen Anzug sprang mit gezogener Waffe davor und rief: „Maier!" Dann drückte er den Abzug.

Verzweifelt schlug Rudi im Flug nach dem Schützen, doch er traf zu spät. Trotzdem verfehlte die Kugel ihr Ziel.

Manfred sah einen Alligator auf sich zustürmen und warf sich zu Boden.

In dem folgenden Chaos, schnappte sich Rudolph die vier, schupste sie in den Wagen und nach dem er zu seiner Enttäuschung den Fahrer nicht fressen musste – der war eine rauchen gegangen –, fuhr er völlig unbehelligt aus dem Parkdeck ins Freie.

24

Ich stand noch inmitten der Trümmer, die Rudolph hinterlassen hatte. Rauchsäulen stiegen in den Himmel, überall waren Sirenen von Feuerwehr und THW zu hören. In der Nähe weinte ein Kind. In all das Leid platzte die Nachricht, dass es den Schwerverbrechern, die am Vortag einen ganzen Stadtteil zerstört hatten, erneut gelungen war, aus dem Gefängnis zu flüchten.

Eine große deutsche Tageszeitung, bekannt für genaue und unabhängige Recherche, titelte am nächsten Tag in großen roten Lettern neben einem Foto einer barbusigen Schönheit: Wahnsinniger Komplize sprengt halbe Stadt, um Mörder-Gang zu befreien.

Ich las den Schund schon einen Tag früher in der Onlineausgabe. Da erfuhr ich, dass der Helfershelfer den Fahrer mit einem Maschinengewehr dazu gezwungen hatte, den Fahrersitz zu räumen. Er beschrieb den Täter als groß, mindestens zwei Meter und nicht kaukasischer Abstammung, Ausländer vermutlich. Faszinierend. In all der gequirlten Kacke, hatten sie bei Rudis Beschreibung nicht gelogen.

Tim stand zu meiner Linken und las auf seinem Smartphone den Wikipedia-Eintrag zum Kennedy Attentat. Als er damit durch war, sah er mich vorwurfsvoll an. „Ich bekomme Hausarrest, weil ich in der Schule nicht genug aufpasse. Was hast du in der Schule gemacht?"

„Ich war meist draußen beim Rauchen", antwortete ich genervt.

In dieser leicht angespannten Stimmung rief mich Rudi an. „Wir haben nur eine Minute, dann können sie mein Handy orten, also hör zu! Schnapp dir die anderen und komm nach Bad Dürkheim auf die Hartburg, dort verschanzen wir uns."

„Warum? Willst du da die Stadt auch zerstören?"

„Blödsinn, ich habe gelesen, dass die Franzosen alle Burgen in der Pfalz zerstört haben – außer diese. Eine so gewaltige Festung ist genau das Richtige."

Gern hätte ich eingeworfen, dass die Franzosen damals nur Kanonen gehabt hatten und das ausgereicht hatte, um die anderen Burgen einzunehmen, oder dass die so gewaltige Festung heute nur noch eine Ruine war. Aber er ließ mich nicht zu Wort kommen.

„Sag Tim, er soll den Campingbus schwarz streichen, alles, auch die Fenster. Der Wagen muss so unauffällig wie möglich sein. Ja und sprenge die Rheinbrücke hinter dir. Sie dürfen euch nicht folgen und auf keinen Fall dürft ihr lebend in Gefangenschaft geraten."

Tim, der mitgehört hatte, sah mich an und brachte alles auf den Punkt: „Jetzt dreht er durch"

Wir haben uns gegen das Sprengen der Kurt-Schuhmacher-Brücke entschieden. Erstens, weil wir keinen Sprengstoff hatten und zweitens, wer A sagt, muss auch B sagen und wir hätten auch die andere Rheinbrücke ebenfalls zerstören müssen. Ja und wenn wir schon dabei wären, die Fähren versenken und dann wären noch die beiden Autobahnbrücken rechts und links von Mannheim. Kurz, wo fängt man an und wo hört man auf.

Aber ohne dies interessierte sich keiner für den Campingbus, der mit Holzlasur Eiche – was anderes war in der Kürze der Zeit nicht aufzutreiben gewesen – gestrichen war und in Richtung Bad Dürkheim fuhr.

25

Rudolph war fassungslos und schon als er durch den Ort unterhalb der Festung fuhr, sah er, dass diese in Trümmern lag. Am liebsten hätte er mich angerufen, um den Ort zu wechseln, aber in weiser Voraussicht hatte er das Telefon nach dem Anruf zerstört. Da sagte sein Vater immer, beim vor der Glotze sitzen würde man nichts lernen. Hätte Rudolph nicht jeden Agentenfilm gesehen, hätten die Bullen ihn jetzt schon alleine deswegen am Arsch.

Gut, dachte er sich, nun ist es so, machen wir das Beste daraus. Der nächste Schock war, dass man nicht zur Ruine auf den Berg fahren konnte. Am Fuße des Hügels war ein großer Parkplatz, von dem aus ein breiter Forstweg nach oben führte. Die Schranke, die den Weg versperrte, war kaum der Rede wert. Aber Rudolph wollte um jeden Preis Aufmerksamkeit vermeiden und so parkte er den Wagen. Er wollte sich gerade mit den vier immer noch an Händen und Füssen gefesselten Verbrechern auf den beschwerlichen Weg nach oben machen, als ihm bewusst wurde, dass es sie verraten konnte, wenn er den Polizeiwagen unmittelbar bei ihrem Versteck parken würde. Rudolphs erster Plan war, sich auf den Bus zu legen und ihn somit plattzudrücken. Ein paar Blätter drauf – würde keine Sau sehen.

Gute Idee, aber als er sich auf den gepanzerten Gefangenentransporter legte, passierte nichts, also zumindest nicht viel. Das Blaulicht zerbarst in Tausende Teile. Dann, nach gefühlt einer Ewigkeit, entwich mit leisem Zischen die Luft aus allen vier Reifen.

Rudolph konnte mit Niederlagen noch nie gut umgehen und so schleuderte er vor Zorn den Wagen in die gegenüberliegende Hauswand. Kurz kam ihm der Gedanke, dass das gesuchte Fahrzeug einfach stehenzulassen, kaum mehr Aufmerksamkeit erweckt hätte. Selbstreflexion gehörte aber nicht zu seinen Stärken. Seine Laune war dementsprechend und sank mit jedem Schritt auf den fünfhundert Metern, die er zur Burg hochsteigen musste.

Immerhin hatten die Verbrecher alle Lust auf Widerstand verloren. Brav trotteten sie, nachdem sie Rudolph ihrer Fußfesseln entledigt hatte, hinter ihm den Hügeloch.

Oben angelangt war Rudolph blau angelaufen, er japste nach Sauerstoff und hatte Seitenstechen. In so schlechter Verfassung stoppte ihn ein Drehkreuz mit dazugehörigen Kassenhäuschen. Ein steinalter Pfälzer, mit der vom Wein rot gefärbten Knubbelnase, erklärte leicht lallend, dass der Eintritt fünf Euro betrug. Also für alle fünfundzwanzig. War aber auch egal, weil Sträflinge kein Geld hatten – was sie im Übrigen mit Alligatoren gemeinsam hatten.

Rudi wog seine Optionen ab, vielleicht noch mal versuchen zu zerquetschen? Dieser Holzverschlag sah wesentlich instabiler aus, es könnte klappen.

Doch jetzt sah der Ticketverkäufer hinter dem fünfzehn Meter Krokodil die vier in Sträflingskleidung. Er erstarrte und stammelt in Panik: „Ich werde euch nicht verraten, ich hab euch nie gesehen. Bitte tötet mich nicht."

Die Tür flog auf und Rudolph sah noch eine charakteristische dunkle Färbung in seinem Schritt. Dann stürzte der Alte los, stolperte, fiel, rappelte sich wieder hoch und rannte weiter.

„Was stimmt mit den Menschen nicht? Da stehe ich vor ihnen und sie haben Angst vor euch? Jetzt bin ich echt beleidigt."

In diesem Moment hörte er, wie die Schranke am Fuß des Hügels zerbrach und sah, wie ein braun gestrichener Camper den Berg hochschoss, auf dem Dach immer noch zwei blaue Plastikeimer, die ein Polizeilicht nachahmen sollten.

Rudolph schüttelt resigniert den Kopf. „Und ich sage noch: ‚Nicht Jens fahren lassen!'"

Da kam das Gefährt auch schon krachend auf dem Kassenhäuschen zum Stehen.

26

Wir hatten wenig Zeit, denn wir mussten die Ruine nach einem geeigneten Schlafplatz durchsuchen. Auch brauchten wir einen Kerker, weil keiner von uns Lust hatte, ständig auf die Kriminellen zu achten. Buddy wendete unseren Wagen und verkündete, sich um Getränke zu kümmern. Ich rief ihm zwar noch nach, dass er wenigstens einen Kasten Cola light mitbringen solle, war mir aber nicht sicher, ob er das gehört hatte.

Rudolph ging in den Wald und besorgte Baumstämme. Das alte Gemäuer musste wehrhafter gemacht werden. Vor allem, da jetzt vom Tal her die schrillen Laute der Martinshörner zu uns heraufschallten.

Als ich den Bergfried erklommen hatte, stellte ich jedoch erleichtert fest, dass es nur die Feuerwehr war, die ein Haus löschte, in dem ein gepanzerter Bus stand. Dies war völlig absurd. Es war ein Inferno. Das Haus glich dem Inneren eines Vulkans. Dann sah ich es: nur kurz ein blauer Flügel. Es war ein Drache aus Rudis Welt.

Die Feuerwehr konnte so viel Wasser in den Brand spritzen wie sie wollten, der Drache ließ ihnen mit seinen Feuerstößen, die er erbarmungslos einsetzte, keine Chance. Ich wandte den Blick ab und stieg wieder hinunter. Aber der Bergfried war kein schlechter Platz, in seinem Inneren trocken und mit Holzboden. Damit bot er weit mehr Komfort als die Gebäude, die ohne Dach keinen Schutz vor Regen gewährleisteten.

Unser Filius war derweil auch nicht faul, er fand eine Zisterne, nicht tief, doch gerade so, dass die Gefangenen sich aus ihr nicht selbst befreien konnten.

Im Nachhinein ist man immer schlauer und wir hätten ihnen nicht die Knebel aus den Mündern nehmen sollen, bevor wir sie an Händen und Füssen gefesselt in den Brunnenschacht warfen. So mussten wir noch bis tief in die Nacht mit den Schmerzensschreien und dem Geheule dieser Verbrecher leben.

Jens hatte die Aufgabe, aus dem Fahrzeug Proviant, Decken und was wir sonst noch für die Nacht brauchten zu holen. Als ich ihn fand, stand er neben dem Campingbus und tippte auf sein Smartphone. Kurz überlegte ich, das Teil zu zerstören. Aber was sollte das bringen, jedes Mal, wenn ich dies tat, hatte er binnen Minuten ein neues. Ich ging zu ihm, packte seine Hand und brach ihm den Zeigefinger. Jaulend vor Schmerz sank er zu Boden.

„Du kannst jedes Mal ein neues Handy besorgen, gut. Aber mit dieser Methode ist spätestens nach dem zehnten Mal Schluss. Und ob du Daumen und kleinen Finger zum Tippen benutzen kannst, ist fraglich. Ich glaube, dass dies ein guter Weg aus der Smartphonesucht ist. Das Ende ist in greifbarer Nähe."

Tatsächlich kam es in dieser Nacht zu einem weiteren Vorfall: Ich musste ihm den Mittelfinger brechen. Ich machte das wirklich nicht gern, aber es ging um das große Ganze. Mit gebrochenen Fingern arbeitete er weit mehr und schneller, als er dies mit gesunder Hand tat und unser Unterschlupf im Bergfried wurde recht gemütlich.

27

An diesem Abend waren Rudolph und seine Mitstreiter der Entdeckung und einem möglichen bewaffneten Konflikt mit der Polizei und dem Militär sehr nahe, ohne es zu ahnen.

Sepp, der dreiundsiebzig Jährige, der im Kassenhäuschen an der Hartburg arbeitete, um seine schmale Rente etwas aufzubessern, war nach Hause gerannt. Gut, normalerweise wäre er auf direktem Weg in die einzige Kneipe im Ort gegangen, um das Erlebte zu berichten, aber so eingenässt ging dies freilich nicht. Am Schluss würde im Dorf über ihn schlecht geredet werden. Er würde nichts mehr vertragen und sich betrunken in die Hosen pinkeln. Man konnte schnell seinen guten Ruf verlieren, wenn man nicht aufpasste.

So wechselte er Hose und Unterbuchse, zum Duschen hatte er keine Zeit mehr. Dann trank er noch ein kleines Schoppenglas Riesling, weil durstig sollte man sich nie auf einen langen Weg gehen. So gestärkt machte er sich drei Häuser weiter zum örtlichen Gasthaus auf.

Er war noch nicht ganz durch die Tür, als er schon lauthals verkündete: „Ihr glaubt nicht, was mir heute passiert ist." Dann berichtete er und anfangs wurde er durchaus ernst genommen, als er inmitten des Raums stand und erzählte, wie ihm das Blut in den Adern gefroren war, als die vier gesuchten Schwerverbrecher vor ihm gestanden hatten.

Dann machte er den Fehler, nebenbei zu erwähnen, dass bei der Gruppe ein fünfzehn Meter Krokodil gewesen wäre. Kurz gesagt: Sie glaubten ihm nicht. Dieser eine Satz machte ihn wieder zu Sepp, der halt öfters mal ein wenig zu viel hatte.

Die Wirtin, eine Schwägerin von ihm, brachte ihm ein Schoppenglas Dornfelder, einen wunderbar schweren dunkelroten Wein. „Beruhige dich erst mal und trink was."

Dies ließ sich Sepp nicht zweimal sagen und er trank den halben Liter fast in einem Zug leer.

Dann verkündete einer der Jüngeren im Gasthaus – Sepp glaubte, es war ein Neffe oder Großneffe, ganz genau wusste er das jetzt auch nicht –: „Google sagt, die längsten Krokodile werden nur sieben bis neun Meter lang."

Und das ganze Lokal lachte. Sepp drehte sich zu dem Großmaul. Verwandt oder nicht, keiner durfte sich über ihn lustig machen. Und vielleicht wäre es zu einer Schlägerei gekommen, wäre nicht in diesem Moment ein Fremder in die Gaststätte gekommen.

Ein Typ wie ein Berg stand in der Tür, fast zwei Meter hoch und mindestens genauso breit, mit Händen wie Gullydeckel. Dann sprach er und die Stimme ließ die Fenster erzittern: „Ich brauche Bier, mindestens zwei Fässer, ja und einen Kasten Cola light."

Die Wirtin kam hinter ihrem Tresen hervor. „So was wie Bier kriegst du hier nicht, da musst du schon rüber zu den Gelbfüßlern, die saufen den Dreck. Bei uns gibt es Wein. Ja und so einen Unfug wie „light" kannst du dir auch abschminken, trink gefälligst richtige Cola oder lass es."

Der Koloss überlegte kurz, dann bestellte er gut zwei Fässer Wein. Diese nahm er auf die Schultern, je eines auf jede Seite und ging.

Er war gerade zur Türe hinaus, als Anton hereingestürmt kam.

Der Neuankömmling war von der Freiwilligen Feuerwehr und vor einer Stunde durch seinen Piepser gezwungen worden, das Lokal fast nüchtern zu verlassen. „Erna, machst du mir bitte eine halbe Weißherbstschorle?"

Schon sprach einer den Brandbekämpfer ihn an. „Anton, lass dir nicht die Würmer aus der Nase ziehen, erzähl schon. Was war?"

Sepp, der gerade zur Toilette wollte, war mindestens genauso neugierig wie der Rest und so vergaß er erst mal seine volle Blase und setzte sich, um der Erzählung des Feuerwehrmanns zu lauschen. Dieser berichtete, dass ein Fahrzeug von der Fahrbahn abgekommen war und gegenüber des Burgparkplatzes in die Hauswand gekracht sei. Der Wagen musste so schnell gewesen sein, dass er glatt durch das Mauerwerk gebrochen war. Hier wurde der Erzählende von den Anwesenden unterbrochen und es entstand erst mal eine wilde Diskussion darüber, dass die Kurve gefährlich sei und dass man was tun müsse.

Als sich die Gemüter beruhigt hatten, erzählte der Feuerwehrmann weiter: „Keine Ahnung, weshalb das Fahrzeug so stark brannte, vielleicht war etwas Brennbares in dem Bus. Als wir mit dem Löschzug beim Einsatzort ankamen, war es zu spät. Die Karre war völlig ausgebrannt. Übriggeblieben war nur noch ein Metallskelett. Unmöglich, zu erkennen, was es mal war. Es wird mindestens von einem Opfer ausgegangen."

In der allgemeinen Aufregung kam keiner auf die abwegige Idee, wegen vier Verbrechern, die angeblich in einer Burg oberhalb des Ortes Unterschlupf suchten, die Polizei zu rufen.

So hatten Rudolph und seine Begleiter eine stressfreie Nacht, auch wenn ich als Diabetiker beleidigt war, dass mir mein Freund ernsthaft Cola mit Zucker mitgebracht hatte.

28

In der Nacht hatte es zu regnen begonnen, was uns, die wettergeschützt im Turm Unterschlupf gefunden hatten, wenig ausmachte. Zugegeben, es störte etwas, wenn man pissen musste.

Irgendwann beim Frühstück bemerkte Jens: „Meint ihr nicht, wir sollten mal nachsehen, wie hoch das Wasser in der Zisterne steht?"

„Warum sollten wir das tun?", antwortete ich gereizt, da ich noch kein Kaffee hatte. „Wasser säuft eh keiner von uns."

„Ja aber ...", antwortete Jens angriffslustig, weil zum einen hatte er auch noch kein Koffein an diesen Morgen und zum anderen hatte er nicht vergessen, was ich mit seinen Fingern getan hatte. „Wenn die so wichtig sind für den Fortbestand unseres Planeten, Einstein, ist es vielleicht nicht die beste Idee, sie in einem Erdloch ersaufen zu lassen."

Leider konnte ich dieser Ausführung nichts entgegensetzen, weigerte mich aber, ihm recht zu geben. Am Schluss hätte er noch verlangt, dass ich in den Regen gehe und nachschaue.

Zum Glück kam es nicht dazu, denn wie aufs Stichwort mischte sich Rudi in unser Gespräch ein: „Sehr aufmerksam Jens", lobte der Alligator. „Gehe besser raus und schaue nach."

Hätte ich das gesagt, hätte dies zu endlosen Diskussionen geführt, aber so ... Jens stand wortlos auf und stapfte durch den Schlamm zur Zisterne.

Als er zurückkam, verkündete er: „Das Wasser geht ihnen gerade mal bis zu den Knien."

Rudi nickte. „Dann brauchen wir uns darum erst mal nicht kümmern."

Die folgenden Stunden verbrachten wir damit, hinaus in den Regen zu schauen und Wein zu trinken. Kurz vorm Mittag kam Fritzi zu uns hereingeflattert. Er hatte den exakten Ort der Invasion gefunden, dieser läge kurz vor Freiburg in der Nähe einer Bahntrasse. Auch für unser Fahrzeug-Problem hatte er eine Lösung. Der Vogel berichtete, dass er sich auf dem Rückweg verflogen hätte und nur wenige Kilometer weiter im Tal würde an einem Bahnhof eine funktionsfähige Dampflokomotive mit ungefähr einer Handvoll Wagen stehen, kurz: Genau das Richtige für uns.

Wir wollten gerade den Plan schmieden, wie wir am Abend die Lokomotive klauen und über Nacht zum Ort des Angriffes fahren könnten, als Rudi eine Nachricht aus seiner Welt bekam.

Odin erschien in den Flammen unseres Lagerfeuers – nein Blödsinn, falsches Buch – er schickte einen seiner Drachen, der kurz erklärte, dass sich der Angriff wegen eines Streiks der Gewerkschaft IG Bauen-Agrar-Umwelt um 5 Tage auf den kommenden Montag verschieben würde. Auch hätte Odin sich geirrt, die Invasoren wären schon auf der Erde, hielten sich aber bis zum neuen Termin am Montag um 11 Uhr versteckt.

„Wegen eines Streiks? Was hat das mit dem Angriff auf unsere Welt zu tun?", wollte Rudi wissen.

„Das wusste Odin auch nicht", sagte der Drache. „Aber du hängst ja hier mit dem fast allwissenden Erzähler ab, frage ihn."

Und schon schauten alle zu mir, gerade so als würde ich das wissen. Um überhaupt was Schlaues zu sagen, verkündete ich: „Wir müssen Jens in den Wald schicken, er muss Brennholz machen. Die Dampflok braucht viel Material, bis wir in Freiburg sind."

Und während Jens sich mit einer Axt maulend auf den Weg machte, flatterte Fritzi auf meine Schulter und fiepste: „Was soll das? Der Wagen hinter der Lokomotive ist randvoll mit Kohle."

„Ach, weißt du, Fritzi", antwortete ich lachend, „ist was Persönliches."

29

Rudolphs Vater Artur, hatte seine Rundreise durch Europa beendet. Ein Chinese, mit dem er in Florenz im Parco delle Cascine gezeltet hatte, hatte ihm erzählt, dass das größte Krokodil, welches jemals auf der Erde gelebt hatte, in einem Museum auf den Philippinen ausgestellt sei. Es hätte Lolong geheißen und wäre wohl wegen Herzproblemen schon mit 50 Jahren gestorben.

Artur kannte Krokodile, die durchaus vierzig Meter lang waren. Opa Heinz war sogar zweiundvierzig Meter lang, aber die Größten seiner Art hätte er gerne zu Lebzeiten getroffen. Ehrensache, dass er nun zu einer dieser kleinen Inseln im westlichen Pazifischen Ozean reisen würde, um diesem Giganten die letzte Ehre zu erweisen. Artur wäre zwar gerne mit dem Schiff gefahren, aber nach dem die Dame im Reisebüro zu ihm gesagt hatte, dass dies zwei Wochen dauern würde, war er lieber selbst geschwommen. Diese Art der Fortbewegung war ein wahrer Glücksfall gewesen. Unterwegs hatte er einige Pottwale getroffen und konnte sich zum ersten Mal, seit er seine Welt verlassen hatte, richtig satt essen.

Gestärkt kam er in Manila, der Hauptstadt dieser Inselansammlung im Pazifischen Ozean an. Dort begab er sich so schnell er konnte zur Grabstätte von Lolong im Nationalmuseum der Philippinen.

In einem winzigen Raum fand er zuerst eine sechs Meter lange Eidechse. Beeindruckend, die wurden zu Hause gerade mal halb so lang. Er lief schon weiter, als er auf dem Schild las: Lolong, größtes Leistenkrokodil, das je gelebt hat. Verärgert holte er einen Mitarbeiter des Museums und fragte, ob sie ihn verarschen wollen, doch dieser nahm nur seinen Stift aus der Hemdtasche und strich den Satz auf dem Schild. Mit krakeliger Handschrift schrieb er darüber „Ein Krokodil das mal gelebt hat".

Das war zu viel der Demütigung. Eigentlich hatte Artur keinen Hunger, aber verarschen ließ er sich auch nicht und so landete der Asiate als Museumsmitarbeiter-Nachtisch im Krokodilmagen. Natürlich hätte diese Entgleisung richtig

Ärger geben können. Aber Odin hatte Schlimmeres zu vertuschen.

Mit den letzten Drachen, die er zu Rudi geschickt hatte, war auch ein Biber-Pärchen durch die Öffnung gelangt. An und für sich kein Problem, sie waren weder gefährlich noch Fleischfresser und man hätte das getrost vernachlässigen können, hätten die zwei nicht angefangen, den Wald im Moseltal abzuholzen, um dann mit den Stämmen in einem sehr engen Teil des Tals den Fluss zu stauen. Das Ergebnis war verheerend: Städte und Orte vor dem Damm wurden zum Teil meterhoch überflutet. Wäre dies noch nicht schlimm genug gewesen, brach die Biberbehausung und eine gigantische Flutwelle raste talabwärts. Hunderte verloren ihr Leben.

Odin ließ sofort durch seinen Pressesprecher verkünden, schuld wären schwere Regenfälle im Oberlauf des Flusses. Da dies als Story ziemlich dünn war, legte er noch erklärend nach, dass die Schuld für die lokal großen Niederschlagsmengen die langsame Fortbewegung des Tiefs war. Dabei wurden warme und feuchte Luftmassen von Osten her mit milderer Luft im Westen durch das Tief zusammengeführt. So schob sich die warme, feuchtere Luft über die kühlere. Die enthaltene Feuchtigkeit der warmen Luftschicht regnete in der Folge ab.

Odin hatte keine Ahnung vom Wetter auf der Oberwelt, es war ihm auch egal. Und so schrieb er dies beim Wikipedia-Artikel des Ahr-Hochwassers von 2021 ab. Beinahe wäre er damit durchgekommen, nur zu einem war es so trocken wie selten zuvor und nirgends im Einzugsgebiet der Mosel hatte es in den Wochen vor der Flut geregnet, zum anderen waren Biber in der Größe von Kleinbussen nicht gerade unauffällig, vor allem dann nicht, wenn sie mit einem Biss Bäume fällten und innerhalb weniger Stunden ganze Berghänge vom Wald befreiten.

Derart im Stress war es nicht verwunderlich, dass ein einzelner Museumsmitarbeiter auf der anderen Seite des Erdballs seiner Aufmerksamkeit entging.

30

Gegen elf Uhr hörten wir Rufe vor unserer Ruine und ich beschloss, nachzusehen, da ich zu diesem Zeitpunkt nichts zu tun hatte. Bei den Trümmern des Kassenhäuschens vor der Burg befand sich der alte Mann, welcher am Vortag vor unserer Ankunft geflohen war. Er fragte höflich nach, ob es möglich wäre, seinen Klappstuhl aufzustellen und Eintrittskarten für die Burg anzubieten. Seine Rente allein reiche nicht aus, um seinen Lebensunterhalt zu bestreiten. Als Friedensangebot hatte er ein paar Flaschen seines Weins dabei.

Ich fand, das war eine nette Geste des Alten und so ließ ich ihm seinen Spaß. Schüchtern stellte er die Weinflaschen an den Ort, wo sich der Eingang befand, bevor wir die Stämme aufgetürmt hatten. Nachdem er die geborstenen Bretter beiseitegeschoben hatte, setzte er sich auf seinen Stuhl.

Ich rief Buddy zu mir und zeigte auf den Greis. „Meinst du, wir bekommen eine neue Hütte für ihn zusammengebaut?", fragte ich meinen Freund, der früher Küchen montiert und handwerklich was draufhatte.

Bis zum Abend hatten wir dem Rentner, der sich uns als Sepp vorstellte, ein Blockhaus hingezimmert. Ich machte mich auf den Weg. Mein Ziel beim Abstieg ins Tal war die Brandruine, wo ich überprüfen wollte, ob es noch Fenster gab, die für den Weiterbau der Blockhütte genutzt werden konnten, während Rudi das Ende eines Erdkabels zwischen seinen Zähnen hielt und es den Hang hinaufzog. Die tonnenschwere Kabeltrommel hüpfte wild hin und her und entrollte sich bergabwärts. Lohn dieser Mühe war, dass Sepp jetzt auch noch Strom hatte, um einen Kühlschrank zu betreiben oder im Winter, wenn es früher dunkel wurde, Licht zu haben.

Wir waren alle zufrieden mit dem, was wir geleistet hatten und feierten noch lange mit Sepp an seinem neuen Arbeitsplatz. Keiner von uns hatte nachgesehen, was unsere Gefangenen in der Zisterne den ganzen Nachmittag angestellt hatten. So ist uns auch entgangen, dass sie sich von Hand und Fußfesseln befreit hatten.

Wir sind in dieser Nacht gar nicht erst zurück in den Bergfried gegangen. Die Hütte, die wir für Sepp gebaut hatten, bot weit mehr Komfort als der Turm.

Ich konnte nicht schlafen und eine innere Stimme riet mir, nach den Gefangenen zu schauen. Als ich im Burghof stand, konnte ich schon erkennen, dass die Klamotten der vier zusammengeknotet zu einer Schnur neben dem Brunnen lagen. Ich rannte hin und blickte in den Schacht. Was ich sah, verwunderte mich: Drei unserer Gäste standen nackt und zitternd am Grund der Zisterne, nur einer fehlte. Die Frage war, wer hatte die Schnur aus Kleidern oben befestigt?

Ich begutachtete das Ende. Es war mit einem Wust an klebrigen durchsichtigen Fäden an der Brunnenwand fixiert. Ähnlich der mir bekannten Spinnweben, nur größer. In meinem Kopf ratterte es: Was konnte die Kleiderkette nach oben transportieren, senkrecht die Wand hoch? Ich musste dringend Rudi fragen, wie groß Spinnen in seiner Welt wurden.

Ach, warum willst du ihn wecken? Die Antwort kennst du doch schon, dröhnte eine Stimme in meinen Kopf. Ich überlegte, ob Rudolph mir mal was von Tieren erzählt hatte, die Telepathie beherrschten.

Ja, Gedanken lesen und übertragen. Letzteres, da wir Spinnen nicht reden können, dröhnte es in meinem Schädel.

Mir lief es eiskalt den Rücken runter und eine Frage blitzte panisch in meinem Gehirn auf: Sind Spinnen giftig?

Wieder schallte es in meinen Kopf, nur diesmal belustigt und hämisch lachend: *Oh ja, und ob wir das sind. Aber für so einen Fettsack wie dich reicht es nicht. Dafür hab ich ein gutes rechtes Vorderbein.*

Ich wollte mich umdrehen, nahm die Deckung hoch, doch schon traf mich der Fuß der Spinne an der Schläfe – ein Schlag wie der Tritt eines Pferdes.

Wieder gingen bei mir die Lichter aus und ich hörte Stimmen in der Ferne: „Wir hatten es doch schon geschafft!

Wie konnten sie uns nur gefangen nehmen. Wir müssen raus aus unserem Gefängnis."

Ich spürte Freude die in lauten Jubel überging, etwas kratzte durch die undurchdringliche Finsternis, die mich umgab, und dann sah ich ihn, nur einen winzigen Teil blauen Himmel. Es schwebte etwas Metallisches durch das längliche Fenster, das sich im Schwarz meines Blickfelds aufgetan hatte. Dann erkannte ich es: eine Baggerschaufel, der Schwenkarm war gelb.

Wieder die Stimme jetzt euphorisch. „Wir werden befreit! Diesmal hält uns keiner auf."

Der Streifen in meinem Kopf verdunkelte sich wieder und bekannte Geräusche drangen an mein Ohr.

„Es ist mir scheißegal, dass es nur gerecht ist, wenn du ihm ein paar Finger brichst. Wenn du nicht sofort seine Hand loslässt, Jens, bekommst du eine Rundreise, Krokodilmaul, Magen und Darm mit anschließendem Kackebad", hörte ich Rudolph sagen. Dann mit nachdenklicher Stimme: „Er hat echt alles verlernt. Diese 2-Meter-Spinnen, die bekommst du bei uns in der Zoohandlung, damit spielen bei uns die Kinder, vergleichbar mit Meerschweinchen bei euch."

Ich öffnete die Augen einen Spalt und sah in die neugierigen Gesichter meiner Freunde.

„Hattest du wieder eine Vision?", fragte der Alligator.

Ich fasste das Wenige, das ich erlebt hatte, kurz zusammen und fragte dann: „Warum hat die Spinne diesen Manfred befreit? Und warum nur ihn?"

Rudi war mit einem Satz am Brunnenrand und schaute zu den drei Nackten. „Verdammt Buddy, warum musstest du dich auch unbedingt mit deinem gesamten Gewicht auf sie werfen. Diese Spinne hätte uns einiges erklären können."

31

Die Nachricht vom Weltuntergang hatte sich in der Unterwelt wie ein Lauffeuer verbreitet. Drachen, Biber und Spinnen, dazu Rudolph und sein Vater trieben sich in der Oberwelt herum. Das Ausmaß der Zerstörung geheim zu halten, wuchs Odin langsam über den Kopf. Dazu kam, dass die Haie, die seit Jahr und Tag den Übergang bewacht hatten, ihre Posten in der Sperrzone aufgegeben hatten und in der Oberwelt Blau- und Pottwale fressen gingen. Die waren schon zuvor vom Aussterben bedroht und das Ende war wohl jetzt besiegelt, nur das war es nicht, was Odin sorgte.

Es sprach sich herum, dass die Pforte offen war und seine Drachen waren nicht die besten Wächter. Zwergspinnen waren durch das Portal gekommen und versuchten allem Anschein nach, für die Invasoren den Weg zu bereiten. Einem Drachen war es gelungen, ihren Unterschlupf zu finden und diesen niederzubrennen. Leider war bei der Feuersbrunst einigen die Flucht gelungen. Gerade eben wurde ihm gemeldet, dass Hunderte Heuschrecken kurz vor dem Portal gestoppt werden konnten.

Odin unterschrieb sein Dekret 45: Illegal in die Oberwelt Reisende werden ohne vorherige Warnung hingerichtet. Ihm entging nicht das erwartungsvolle und kranke Leuchten in den Augen des Oberkommandierenden der Drachen, als er ihm den Zettel übergab. Der Chef der Unterwelt setzte sich auf sein Sofa und schaltetet erst mal seinen Fernseher ein. Wie schon in den letzten Tagen sah er nicht das heimische Programm an. Nicht nur um zu erfahren, was alles in die Oberwelt übergesiedelt war, nein auch um zu schauen, ob irgendetwas von der bevorstehenden Invasion zu erfahren war. Sollte er hier herausfinden, wie der Angriff vonstattenging, könnte er helfen, diesen abzuwenden.

Als Erstes kam er aber wieder auf einen TV-Sender, den er jedes Mal als Erstes hereinbekam. Odin vermutete, dass es sich um eines der dümmsten Völker der Oberwelt handelte. Die Menschen dort waren fast ausnahmslos Fett, fraßen trotzdem weiter wie die Schweine. Dumm wie fünf Meter Lattenzaun und allem Anschein nach war es in dieser Gesellschaft üblich, den Dümmsten zum Anführer zu machen. Den sah Odin jetzt in Großaufnahme auf dem Bildschirm: ein steinalter Tattergreis mit Eichhörnchen auf dem Kopf, welcher on top von einer Lach-mich-aus-Cap gekrönt wurde. Odin hätte kotzen können.

Eben hörte er diesen senilen alten Mann sagen, die Klimaerwärmung gäbe es nicht. Er wäre im Januar möglich, auf einem Gletscher in den Alpen Ski zu fahren, alles weiß und kalt. Und gerade letzte Woche hätte es bei ihm zu Hause geregnet. Das wäre alles links versiffte Propaganda der Demokraten.

Odin wollte gerade weiterzappen, als die Moderatorin fragte: „Herr Koala, was sagen Sie dazu? Ihre Spezies ist vom Aussterben bedroht."

Damit schwenkte die Kamera auf den soeben Angesprochenen. Odin fiel vor Schreck die Kaffeetasse aus der Hand. Auf dem Stuhl, gegenüber des völlig verblödeten Stammesfürsten, saß ein Koala aus der Unterwelt. Ein Baby, maximal zehn Monate alt, wenn man die winzige Körpergröße zurate zog. Odin überlegte, denn auf dem Bildschirm sah der putzige Bär kaum größer als zwei Meter aus. Vielleicht war er auch jünger. Der Baby-Koala erklärte ruhig, dass es für seine Spezies wichtig sei, dass sowohl die Temperatur als auch die Luftfeuchtigkeit gleich bliebe und auch dass ihre Hauptnahrungsquelle, der Eukalyptus, diese klimatischen Bedingungen brauche. Durch die Erderwärmung wäre seine Art inzwischen vom Aussterben bedroht. Dann ging er noch mal kurz auf den Skiurlaub des Präsidenten ein, indem er anmerkte, dass auch die Gletscher in den letzten Jahrzehnten immer mehr geschrumpft seien. Dies wäre wissenschaftlich belegt.

Die Kamera schwenkte zu dem Schwachkopf. Odin konnte nur „Präsident" lesen, dann war der Schriftzug verschwunden und man sah, wie dieser mit hochrotem Kopf seine Tasse zu Boden warf. „Wissenschaftler sind linke Terroristen, die nur

Lügen erzählen. Ich bin der größte Präsident aller Zeiten und ich sage …"

Odin hatte genug. Er wechselte das Programm und sah einen wunderschönen See inmitten von Bergen, auf welchem Segelboote schwammen. Die Kamera zoomte immer mehr auf die kleinen Boote zu. Dazu eine Erzählerstimme. Hier am Thuner See in der Schweiz sei ein Menschenfressendes Seeungeheuer gesichtet worden.

Die Aufnahme war nun ganz nah bei den Booten und Odin sah, wie ein einzelner zwei Meter Piranha über eines der Schiffchen flog, im Flug einen Menschen mit dem Maul zu fassen bekam und mit sich in das Gewässer zog. Dieses färbte sich kurz rot. Dann wiederholte sich der Vorgang.

Odin schlug sich die flache Hand vors Gesicht und zappte weiter: Ein dreißig Meter langer Regenwurm schwamm in der Wolga.

Er hatte genug gesehen. Odin ließ einen Drachen kommen und wies ihn an, sich sofort um das fischige Problem bei Interlaken kümmern.

32

Manfred rannte durch den finsteren Wald. Immer wieder stolperte er und stürzte auf dem unebenen Boden. Er verstand nicht, was passiert war. Erst tauchte in dem Loch, in welchem sie gefangen waren, eine obskur große Spinne auf. Seine Mitgefangenen waren wie von Sinnen vor Angst gewesen, das hatte ihn schon etwas geil gemacht. Das hatten sie verdient. Sie hatten ihn ja auch verraten. Dann hatte die Spinne zu ihm gesprochen, nur zu ihm. Die anderen konnten sie nicht hören. Sie sagte schöne Dinge, wie dass er der Auserwählte sei, der die Welt retten könnte. Dann half sie ihm, aus dem Loch zu entkommen. Manfred spürte wieder die Erregung, als er zusah, wie sich diese Tussi ausziehen musste, die ihn so arrogant abgewiesen hatte. Der kleine fette Italiener hatte auch einen Ständer. Er hatte freilich auch keine Chance, bei ihr zu landen, aber durfte sich jetzt noch die Gemeinheiten dieser Zicke anhören. Vermutlich hatte er trotzdem die Situation genossen.

Manfred erinnerte sich an das Gefühl, als er endlich über den Brunnenrand hatte schauen können und frei gewesen war.

Er hatte die Schnur aus Kleidern hinter sich aus dem Loch gezogen. Sie sollten da unten verrecken, ihm war es egal. Er war der, der die Welt retten würde.

Doch dann sprach die Spinne wieder zu ihm. Nur klang es jetzt gar nicht mehr freundschaftlich, eher hasserfüllt: *Und dass du die Welt rettest, das können wir natürlich nicht zulassen.*

Er verstand nicht, aber in diesem Moment griff die Spinne an. Aus dem Augenwinkel sah er, wie sie mit ihrem Vorderbein auf ihn einschlagen wollte. Aus einem Reflex heraus sprang er zur Seite und so streifte ihn der Schlag nur und hinterließ einen blutenden Kratzer auf seiner Wange, der höllisch brannte. Das Monster versuchte nun, ihn mit seinem Giftstachel zu stechen. Den ersten beiden Attacken konnte Manfred noch ausweichen, dann erwischte das Vieh ihn am Arm. Er konnte gerade noch einen Stein greifen und schlug mit aller Kraft, die er noch hatte, auf den Schädel dieses

Ungetüms ein. Zu seiner eigenen Verwunderung zog sich die Spinne zurück. Er flüchtete, konnte aber noch im Wegrennen hören, wie sie ihre Kameraden rief. Manfred rannte so schnell es du Lungen hergaben. Erst als nichts mehr ging blieb er stehen und lauschte in die Nacht. Irgendwo raschelte es, woanders knackte ein Ast und es knisterte Laub. Die Spinnen, die ihm folgten, konnten überall sein und diesmal, da war er sich sicher, würde er einen Angriff nicht überleben. Seine Wange, an der ihn dieses Biest gestreift hatte, brannte wie Feuer. Er spürte, wie ihm eine nasse, klebrige Flüssigkeit die linke Gesichtshälfte herunterlief. Wo ihn der Stachel getroffen hatte, war inzwischen eine harte Beule, die bei jeder Berührung schmerzte. So wollte er nicht sterben, also rannte er weiter. Er hatte keinen Plan, wo er war oder in welche Richtung er lief, er wusste nur eins: Er musste weg.

33

Gott und Satan saßen in unserer gemeinsamen Musikbar. Beide beratschlagten sich laut hörbar darüber, wie qualvoll sie Rainer töten würden. Dies ersparte ihnen jedoch nicht den vierten Nickelback Song in der letzten Stunde. Und wäre das nicht schon schlimm genug gewesen, grölte Rainer jedes der Lieder lautstark mit. Es war nicht zu fassen, aber so packte er es, diesen fürchterlichen Lärm noch ins Unerträgliche zu steigern.

„Kein Wunder, dass der Laden fast leer ist", maulte Gott. „Bei diesem Geräusch-Smog will ja keiner sein Bier trinken."

„Ja, da kotzt man schon, bevor man besoffen ist", pflichtete Satan bei.

In diesem Moment trat der Tod in den Raum: wehendes blondes Haar, die Blicke aller männlichen Besucher der Bar folgten ihr, wahrscheinlich sogar die der weiblichen– aber das bekam natürlich in diesem Moment keiner mit.

Satan nutzte die Chance, seine Zigarette unauffällig auf den Boden fallen zu lassen und sie mit dem Absatz seines Bikerstiefels auszutreten.

Sie trat an ihren Tisch und küsste ihn, dann fragte sie ihren Gatten belustigt: „Du weißt schon, dass Rauchen gesundheitsschädlich ist?"

„Ich bin unsterblich, da kommen einem die Warnhinweise auf der Packung gleich viel weniger gefährlich vor", argumentierte Satan und wollte gerade hinzufügen, dass sein Freund Gott ja auch rauchte, als ihm die Blondine ins Gemächt griff und vielleicht etwas härter zudrückte als beabsichtigt.

Dabei flüsterte sie ihm zu: „Und Rauchen macht impotent. Welche Frau braucht einen Mann mit einer weichen Kanone."

Vielleicht wäre es zu einem handfesten Ehestreit gekommen, wäre in diesem Moment nicht der nächste Song angelaufen. Vor Entsetzen glitt Gott sein Bier aus der Hand. Fassungslos sah er zu Rainer, während die ersten Töne von Helene Fischers „Atemlos durch die Nacht" an sein Ohr drangen.

Satan übergab sich, der Tod hielt sich angewidert die Ohren zu. Dann flog der erste Barhocker hinter die Bar und traf Rainer. Nun ging alles ganz schnell. Ein Biker sprang über den Tresen und schlug Rainer noch im Flug bewusstlos. Während er immer noch rasend vor Hass auf den am Boden Liegenden eintrat, riss sein Kumpel die Musikanlage aus dem Regal und zertrümmerte diese an der Wand. Andere zerlegten die Inneneinrichtung.

Der Tod sagte: „Ich muss euch was sagen. Kommt mit raus, hier ist es zu laut."

Vor der Tür erklärte sie ihnen: „Ihr müsst zu Rudi, es läuft alles aus dem Ruder. Die Welt war noch nie so nah am Abgrund, wie sie es jetzt ist."

„Ach komm, das bekommen die doch auch ohne uns hin!", maulte Gott, der ungern sein gewohntes Umfeld verließ.

„Ja, und wir müssen Rainer helfen, die Bar aufzubauen. Ich meine, wenn er wieder aus dem Krankenhaus kommt natürlich", versuchte Satan noch ein paar Argumente zu liefern – er reiste mindestens genauso ungern wie sein Freund.

„Ihr geht zu dieser Ruine in der Südpfalz und helft unseren Freunden!" Die Temperatur war spürbar gesunken, als sie sprach. Wasserpfützen froren zu. Es war eisig kalt. „Rainer hat die Bar selbst zerstört, also baut er sie alleine wieder auf. Und jetzt lösche ich diese Fischer aus."

„Du willst sie töten, weil sie scheiße singt?", fragte Gott und im selben Moment wusste er nicht mal mehr, worum es ging.

„Du, Schatz?", hörte er Satan fragen. „Warum randalieren die in unserer Bar?"

Der Tod drückte ihm ein Kuss auf die Wange und antwortete: „Nicht mehr wichtig. Geht jetzt, unsere Freunde brauchen euch."

34

Rudolph wollte noch in der Nacht die Verfolgung aufnehmen, was Blödsinn war, denn keiner von uns konnte Fährten lesen und einen Hund hatten wir auch nicht. So beschlossen wir, dass ich meinen guten Freund Dieter anrufen sollte. Dem gehörte zwar auch kein Hund, aber er war Jugendleiter in einem Schachclub und eines der Kinder hatte bestimmt einen Köter.

Leider hatte keiner der talentbefreiten Wichte, die er unterrichtete, einen, aber irgendwie glaubte Dieter, es handle sich um einen Campingausflug und so versprach er, gleich ein paar Flaschen guten Rotwein einzupacken und mit seinem altersschwachen Audi zu uns zu kommen.

Ich rief Rainer an und erfuhr, dass er verprügelt worden war und im Krankenhaus lag. Den Grund hierfür wollte er mir nicht sagen. Aber er wusste jemanden, der einen Hund besaß, also die Mutter von ihm hatte einen Rauhaardackel und den könnte er sich bestimmt ausleihen. Daher galt mein nächster Anruf Thomas. Der war reichlich angepisst. Erstens war es spät, zweitens musste er morgen früh arbeiten und folglich hatte er keine Zeit.

Rudolph nahm mir das Telefon mit den Worten „Lass mich mal mit ihm reden" aus der Hand. In ruhigem Ton erklärte er Thomas, dass sein Vater ihm verboten hatte, Menschen zu fressen, dass er aber bestimmt nichts dagegen hätte, wenn er bei Thomas' teurem 5er-BMW das Dach abbeißen würde.

Dies schien Eindruck gemacht zu haben und wehleidig versuchte sich Thomas noch mit seinem Arbeitsplatz herauszureden.

Rudolph versprach, sich darum zu kümmern, dass er am nächsten Tag nicht zur Arbeit müsse.

So verabschiedete sich Thomas mit den Worten: „Wenn du meinen Chef davon überzeugst, dass ich nicht kommen muss, dann soll es mir recht sein. Bin dann morgen früh mit Strubbi bei euch."

„Du rufst aber jetzt nicht bei seinem Boss an?", fragte ich, als Rudi das Gespräch beendet hatte.

„Nö, wieso? Habe nur gesagt, er muss morgen nicht arbeiten." Und verschmitzt lächelnd rief er Odin an und verkündete: „Ich brauche Drachen! Vier!"

Zu unserem Glück war das Autohaus, bei dem mein Freund arbeitete, in Sichtweite und so konnten wir live zusehen, wie die vier Tiere aus der Unterwelt den Verkaufsraum des Autohändlers zu einer Art Supernova verwandelten. Zufrieden mit sich verkündete Rudolph: „Siehst du, dort geht morgen bestimmt keiner arbeiten."

35

Manfred rannte den Berg hinab. Er hatte gehört, dass man immer nur einem Fluss folgen müsse, dann käme man unweigerlich zu einer menschlichen Ansammlung. Da er durch das Gift der Spinne sehr geschwächt war, kam er nur langsam voran. Er hatte Glück und fand nach einer Weile eine Höhle, in der er sich verstecken konnte. Dort döste er ein. Die Nacht war die Hölle. Wenn er schlief, hatte er fürchterliche Albträume, in den Wachphasen war er von Sinnen. In einem Moment zitterte er, dann war es ihm wieder unerträglich warm, sodass er sich unterbewusst die Kleidung vom Leib riss.

Als er aufwachte, war es schon hell und das Gift der Spinne hatte seine Wirkung verloren. Auch die Wunde im Gesicht hatte aufgehört zu bluten, trotzdem brannte sie wie Feuer. Manfred setzte den Plan, welchen er in der Nacht gehabt hatte, fort und stieg weiter ab. Wie erwartet erreichte er einen Bach und folgte dessen Lauf. Da das Gewässer nach einer Weile sehr steil anstieg, kam er nur mühsam voran. Die Idee, auf die andere Seite zu wechseln, auf der ein breiter Wanderweg verlief, verwarf er, weil er keine Goretex Schuhe hatte und nasse Füße fürchtete.

So stolperte Manfred noch geraume Zeit an der steilen Uferböschung entlang, bis ihm ein hochstehender Ast zum Verhängnis wurde und er bäuchlings in den flachen Bach fiel. Seine Kleidung war auch nicht wasserdicht, aber immerhin waren seine Füße nun nicht das einzige Körperteil, welches nass war. Positiv anzumerken war auch der Umstand, dass die Verfolger die Fährte im Wasser verlieren würden.

Er kam in einen kleinen Ort und zuerst nahm keiner Notiz von dem sehr verwahrlosten Mann mit der schlammbesudelten Kleidung.

Eine alte Frau drückte ihm eine Zwei-Euro-Münze in die Hand und sagte: „Gönn dir mal einen Kaffee."

Als er im Dorfkern ankam, einem kleinen Platz, an dem sich Rathaus, Kirche, Schule, Bäcker und die einzige Gaststätte des Ortes trafen, sah Manfred eine Tafel, an der neben Plakaten, die zum Fischerfest und zum Sängerkreis einluden, auch vier Fahndungsplakate hingen. Er verlor einfach die Nerven.

Ungeachtet der Tatsache, dass die Hälfte der Dorfbevölkerung sich hier versammelt hatte und keiner Notiz von ihm nahm, ging er nun zu dem Aushang und riss sein Porträt mit der Anmerkung „Belohnung 10.000 Euro" von der Wand und zerriss demonstrativ das Plakat. Jetzt hatte er die ungeteilte Aufmerksamkeit aller Anwesenden auf dem Platz.

Ein steinalter Mann vom Ordnungsamt kam auf ihn zu und fragte, was dies solle. Manfred schlug mit dem nächstbesten Gegenstand auf den Alten ein. Als der lose Pflasterstein, den er aufgehoben hatte, krachend auf den Schädel traf, konnte er hören, wie dieser barst. Alle waren in heller Aufregung, einige zeigten mit Fingern auf ihn und riefen „Mörder!", die meisten jedoch rannten davon.

Manfred suchte auch die Flucht. Er brauchte ein Versteck und ging durch die erste offene Tür, die er fand.

Auf dem Schild über dem Eingang prangte der Schriftzug „Tabak und Waffen".

36

Dieter kam schon vor Sonnenaufgang bei uns an. Sein altersschwacher Audi knatterte und ratterte den Hang hinauf und kam vor unserer Hütte mit einer lauten Fehlzündung zum Stehen. Er hatte vier Flaschen Chateou la Mondotte dabei, was angesichts des Alkoholkonsums unserer Gruppe schon sehr knausrig war. Die Rechtfertigung, dass die Plörre teuer wäre, zog auch nicht. Uns war es ja völlig egal, was er mitbrachte, er hätte auch gern zum 99-Cent-Wein im Tetra Pak greifen dürfen.

Er grüßte uns mit den Worten: „Wäre ja früher da gewesen, aber in Bad Dürkheim sind alle Straßen gesperrt, da muss es schlimm gebrannt haben."

Wenig später kam Thomas mit einem Hund, der, wenn er ein Auto gewesen wäre, den Berg zu uns nicht mehr hochgekommen wäre. Unser so sehnsüchtig erwarteter Suchhund sprang mit letzter Kraftanstrengung aus dem Fahrzeug, schleppte sich gemächlich zu Dieters Wagen, hob das Bein und urinierte an die Fahrertür. Dann legte er sich schlafen.

Rudolph sah mich fassungslos an. „Das ist jetzt nicht dein Ernst." Damit beugte er sich zu dem Rauhaardackel runter. „Was ist das?"

Und noch bevor ich „Was willst du, seine Nase funktioniert einwandfrei" antworten konnte, stand das Tier auf und pinkelte Rudi auf die Schnauze.

Rudolph richtete sich auf. Einen Moment war er unschlüssig, dann riss er sein riesiges Maul auf.

Ich rief noch „Nein, tue es nicht!", aber es war zu spät.

Das Krokodil schnappte zu. Thomas sank zu Boden und schrie laut seinen Schmerz in den noch jungen Morgen. Er weinte hemmungslos.

Jens, der das Gefühl von seinem Cabrio her kannte, kniete sich neben ihn und legte ihm tröstend den Arm auf die Schulter.

Ich hörte noch wie er sagte: „Als ich vom Handy aufsah, war da dieser Kreisverkehr. Mein schöner Golf überschlug sich und drehte dabei eine Schraube. Er hatte an allen fünf Seiten Dellen."

Und schon lagen sie sich in den Armen und weinten zu zweit.

Strafend sah ich Rudi an. „Das war jetzt echt nicht nötig!"

Mein Freund schaute mich belustigt an: „Ihr macht einen Aufstand wegen dem Köter ..." Und mit einem lauten Furz entließ er das Tier aus seinem Krokodilmagengefängnis.

Wenig später kam Sepp den Berg hochgewandert, um wie jeden Morgen seinen Ticketshop zu öffnen. Er sah zu Strubbi, streichelte das altersschwache Tier und sagte: „Du bekommst erst mal eine schöne Schale Wasser und dann gehe ich noch mal ins Dorf. Meine Enkelin hat einen ausgebildeten Jagdhund, der kann mir bestimmt eine Dose Hundefutter abtreten."

Ich ging gleich mit ihm mit, unser neues vierbeiniges Teammitglied abholen.

37

Sepp rannte den Berg runter. Ich musste alles geben, um dem über Siebzigjährigen zu folgen.

Der Spürhund seiner Enkelin war ein Schäferhund. Dinge wie Bellen, Schwanzwedeln oder an Neuankömmlingen zu schnuppern schienen unter seiner Würde zu sein. Ich vermutete, dass dieses Tier sogar zum Pinkeln eine Toilette aufsuchte. Bis hierhin lief alles nach Plan, nur als ich den Hund an die Leine nehmen wollte, knurrte er.

Maren, eine dürre Braunhaarige, die anscheinend ihre komplette Freizeit im Fitnessstudio verbrachte, erklärte, dass Justus Jonas, nirgends ohne sie hingehen würde. Sie seien ein Team, bla, bla, bla.

Kurz überlegte ich, ob es sinnvoll wäre, mit dem Mädel darüber zu diskutieren, verwarf den Gedanken aber – natürlich machte es keinen. „Dein Hund heißt Justus Jonas, wie der Erste Detektiv bei den drei Fragezeichen?", fragte ich stattdessen.

„Nein, er hat seinen Namen in Anlehnung an den ersten Hund im Weltall. Natürlich hab ich ihn nach dem ersten Detektiv benannt, du Hohlbirne."

So einfach ließ ich mich nicht übertölpeln. Wenn sie mit mir das Spiel ausfechten wollte, wer der Klügere sei, musste sie schon früher aufstehen und so punktete ich mit meinem umfangreichen Google-Wissen. „Weil der erste Hund an Bord einer V2 Rakete 1948 Albert hieß."

Maren legte den Kopf schräg. „Albert ... Da schau mal einer an, da haben wir es ja mit einem Intellektuellen zu tun. Ich nenne dich ab sofort Einstein, weil du so klug bist."

Ich wollte schon stolz etwas erwidern, als sie die Leine aufnahm und verkündete: „Dann machen wir uns mal auf den Weg. Wir haben ja schließlich nicht den ganzen Tag Zeit."

„Affe", meinte Sepp zu mir, als wir den Berg wieder aufstiegen.

Ich überlegte, ob ich dem Alten eine reinschlagen sollte, stattdessen fragte ich: „Todessehnsucht? Oder warum beleidigst du mich?"

Sepp lief ungerührt weiter. „1948, Albert war ein Affe. Der erste Hund war die zweijährige Mischlingshündin Laika. Sie wurde 1957 mit der sowjetischen Rakete Sputnik II ins All geschossen."

Wäre es nicht schon peinlich genug gewesen, hörte ich Maren vor uns. „Ich nenn dich aber weiter Einstein, klingt besser als Affe oder Albert."

Den Rest der Wanderung redeten wir kein Wort mehr, nicht weil ich beleidigt war, nein, mir fehlte bergan einfach die Luft. Oben angekommen besah Maren erst einmal die versammelte Gruppe. Sie sah von Jens zu Dieter, weiter zu Thomas, zu Buddy, dann wieder zu mir. Rudolph schien sie absichtlich übersehen zu haben. „Einstein, was ist das hier? Eine Selbsthilfegruppe von Weight Watchers?"

„Willst du etwa behaupten, dass ich dick bin?", fuhr Dieter das Mädel an.

„Nein, dick wären zwanzig Zentimeter weniger Bauchumfang. Du bist ... also ihr alle seid fett."

Bevor die Situation eskalieren konnte, machten wir uns an die Verfolgung von Manfred.

Wir kamen gut voran, bis zu einer Stelle an einem Bach, an der auf einmal die Spur endete. Wir liefen noch ein paar Meter weiter, denn Maren vermutete, dass er nur in den kleinen Fluss gestiegen sei, um seine Verfolger abzuhängen. Der Verlauf machte eine Kurve und hinter dieser hatten wir freie Sicht auf ein Dorf.

Es war unbeschreiblich: Helikopter kreisten, Hunderte Einsatzfahrzeuge von Polizei und Militär waren unterwegs.

Maren sah zu mir. „Einstein, wen verfolgt ihr? John Rambo?"

Ich schüttelte den Kopf. „Fast, eher so was wie Hannibal Lektor."

Sie schaute kopfschüttelnd auf den Kriegsschauplatz im Ort vor uns und mit den Worten „Jetzt werdet ihr ihn wohl alleine finden, müsst immer nur den Schüssen folgen" wandte sie sich zum Gehen.

„Halt, stopp!", hielt Thomas sie auf und fragte mit einem dümmlichen Grinsen: „Geben Sie mir Ihre Telefonnummer? Wir könnten ja mal einen Kaffee trinken gehen."

Maren drehte sich nicht einmal mehr um. „Sicher nicht." Jens tippte mich an. „Der hat die jetzt nicht versucht, anzubaggern und dabei gesiezt, oder?", flüsterte er.

„Glaube schon", bestätigte ich seine Beobachtung.

„Ja, gut, dann wird's halt auch schwer", bemerkte er.

Ich glaubte zwar, dass es egal war, wie Thomas sie ansprach, beließ es aber dabei, weil in diesem Moment Rudolph sagte: „Kann man den Typ eigentlich keine 5 Minuten alleine lassen, ohne dass es gleich Mord und Totschlag gibt? Was stimmt mit dem nicht?"

Ich zeigte auf die andere Bachseite und den Weg zum Ort.

„Wie kommen wir da rüber?"

„Alter, der Bach ist 20 Zentimeter tief und kaum breiter als drei Meter. Ihr packt das! Ich glaube an euch. Lauft da jetzt durch", maulte Rudolph.

Ich sah zu, wie Thomas Tempos auf einem umgekippten Baumstamm ausbreitete, um sich zu setzen. Dann zog er seine teuren Lederschuhe und die Socken aus. Dieter, der – seitdem ich ihn kannte – zum Wandern immer dieselben billigen Wanderstiefel von Aldi trug, lief los, glitt auf der Uferböschung aus und rutschte auf dem Hintern ins Bachbett.

Buddy stand derweil unschlüssig da, dann ging er ein paar Meter zurück, nahm Anlauf und sprang. Er kam ungünstig auf und landete bäuchlings im Wasser.

Ich sah zu Rudi. „Wie lang bist du gleich noch mal?"

Kurz darauf ging ich trockenen Fußes über Rudolphs Rücken auf die andere Bachseite. Als Thomas mir zu folgen versuchte, schüttelte sich das Krokodil und so lag der Dritte im Wasser.

„Ihr bleibt besser hier, da wird scharf geschossen, zu gefährlich für drei Krieger, die nicht über eine Pissrinne kommen, ohne sich dabei den Hals zu brechen", schlussfolgerte Rudolph.

Während die drei sich auf der Wiese neben dem Weg zum Trocknen hinlegten, ritt ich auf Rudis Rücken in den Ort. Im Zentrum des Dorfs war ein Tabak- und Waffengeschäft. Da alle Gewehrläufe aus den umliegenden Fenstern genau auf dieses Haus gerichtet waren, lag der Verdacht nahe, dass sich Manfred dort verschanzt hatte.

Als wir dem Laden näher kamen, hörten wir Manfreds Ruf aus dem Inneren: „Keinen Schritt näher, sonst stirbt meine Geisel."

„Geh besser in Deckung", flüsterte mir Rudolph zu.

Und so stieg ich ab und rannte ins nächste Gebäude, genau in die Arme der Einsatzleitung.

Das Krokodil lief weiter.

Wieder war die Stimme aus dem Geschäft zu hören, jetzt lauter und schrill: „Ihr habt es so gewollt."

Dann knallte ein Schuss.

Rudolph sagte trocken: „Du hast jetzt nicht ernsthaft deine einzige Lebensversicherung erschossen. Das ist ungünstig. Ich komme jetzt rein."

Ein panisches „Nein, lass mich!" erklang aus dem Ladeninneren, dann schoss Manfred mit allem, was er hatte, auf Rudolph, an dem die Geschosse freilich wirkungslos abprallten.

Mit einem markerschütternden letzten „Neiiin" verschwand der Schreiende im Krokodilmaul. Dann war alles still.

Plötzlich brüllte der Einsatzleiter mich wild gestikulierend an. „Sie haben vorsätzlich das Leben der Geisel in Gefahr gebracht! Das wird folgen haben, dafür sorge ich."

Ich zeigte auf Rudolph, der nun neben mich trat. „Sagen Sie ihm das."

Rudi schien aber nicht zum Reden aufgelegt zu sein. Wortlos wies er mich an, aufzusteigen.

Als wir den Ort wieder verlassen hatten, tadelte ich ihn. „Hättest ruhig auch mal was sagen können."

„Habe den Mund voll", antwortete mein Freund undeutlich.

38

Der Gott der Unterwelt war an diesem Morgen bester Laune. Nicht nur, dass wir Manfred wieder in unserer Gewalt hatten, besser noch, seine Drachen hatten auch die letzte noch freie Spinne gefasst und zurückgebracht.

Sein bester Folterknecht war gerade dabei, herauszufinden, was die Spinnen wussten und warum sie glaubten, dass dieser Manfred so wichtig sei. Odin hatte befohlen, dass die Folter erst beginnen dürfe, wenn er da wäre. Zum einen wollte er den genauen Wortlaut wissen, zum anderen war sein brutalster Vernehmungsbeamter, Richard Topcliffe, bekannt dafür, dass er eine hohe Sterbequote hatte. Bei nur einem Probanden sehr ungünstig, wenn dieser den Löffel abgab, bevor er sein Wissen preisgeben konnte.

Odin hatte sich zu diesem Zweck ein bequemes Sofa in den Folterkeller stellen lassen, dazu auf einem Beistelltisch allerlei Leckereien, Chips, Flips, Popcorn, auch was Süßes und natürlich ein paar Flaschen gekühlten Sekt. Mann musste vorbereitet sein, wenn es langweilig wurde. Voller Vorfreude fläzte er sich auf das Sofa und riss eine Tüte Chips auf, während er zusah, wie die gefangene Spinne, die mit Ketten an allen sechs Beinen gefesselt war, reingeschleift wurde.

„Na, dann wollen wir mal. Was macht man da so zu Anfang üblicherweise?", fragte Odin freudig erregt und schob sich ein Kartoffelchip in den Mund.

Richard Topcliffe war natürlich ein Künstlername, als Hommage an sein großes berufliches Vorbild, den grausamsten Folterknecht der Königin aus dem sechzehnten Jahrhundert. Richard hieß mit bürgerlichen Namen Patrick und war eine gewöhnliche Küchenschabe. Seine Grausamkeit war ein Zeichen für mangelndes Selbstvertrauen, weil mit gerade mal 3 Metern Körpergröße war er für seine Spezies geradezu winzig.

Seine Eltern wussten zu berichten, dass Patrick schon als Kind ein Sadist gewesen sei und kleineren Tieren nur so zum Spaß Beine gebrochen oder Flügel ausrissen hatte. Wahrscheinlich wäre er in der Klapsmühle gelandet, hätte er nicht im Geschichtsunterricht von Richard Topcliffe erfahren. Das änderte alles in seinem Leben. Der kleine Patrick hatte jetzt ein Ziel und er tat alles, um seinem Vorbild nachzueifern.

Nach der Schule baute er im Keller des elterlichen Reihenhauses die Foltergeräte mithilfe der Originalpläne nach. Als er dann den Hauptschulabschluss in der Tasche hatte und sich auf den Posten bei Odin bewarb, war er längst in puncto Grausamkeit und Unmenschlichkeit an seinem Vorbild vorbeigeschossen. Drei Psychologen hatten ihn für unzurechnungsfähig erklärt und jeder von ihnen hatte vor seinem Ableben im Keller seine erste medizinische Einschätzung öffentlich widerrufen, bevor er am lebendigen Leib verbrannt worden war.

Richard Topcliffe grinste nun voller Vorfreude. „Fangen wir ganz klassisch an. Daumenschrauben."

Mit diesen Worten nahm er den linken Vorderlauf der Spinne und steckte diesen in eine Apparatur, die in Aussehen und Wirkung einem Schraubstock sehr ähnelte. Während Richard die Kurbel bewegte, quetschte das Folterinstrument unbarmherzig das Bein der Spinne zusammen.

Odin hörte es knacken und sah das irre Leuchten in den Augen seines Folterknechtes. Die Spinne schrie nun vor Schmerz. Der Gott der Unterwelt nahm einen Schluck Sekt und warf ein: „Wollten wir die Spinne nicht noch was fragen?"

Richard sah seinen Boss verwundert an. „Wieso fragen? Das Geständnis schreibe ich normalerweise selbst, man muss ja auch auf den genauen Wortlaut achten. Es wird einem so schnell das Wort im Munde herumgedreht von diesen Gutmenschen."

Odin wandte sich jetzt an die Gefolterte selbst. „Was wolltet ihr mit Manfred? Warum ist er der Auserwählte? Und verdammt noch mal, warum kämpft ihr auf der Seite der Invasoren?"

Die Spinne lachte. „Ihr werdet alle sterben!"

In diesem Moment brach mit lautem Knacken ihr Vorderlauf und Richard schlug mit einem nassen Handtuch auf den

Körper der Spinne ein. Dabei brüllte er: „Rede, du Wurm, wenn Odin was fragt!"

Doch das Lachen der Spinne wurde nur lauter. „Ihr werdet alle sterben und das Zeitalter der Insekten beginnt."

Schon brach Richard mit einer glühenden Zange die Spitzen der Beine ab. Aber das gepeinigte Insekt wiederholte nur das, was es schon gesagt hatte.

Der Folterknecht sah zu Odin und erklärte: „Es gibt da eine neue Methode, die steht nicht in den alten Büchern, aber die Nachkommen der alten Meister haben damit große Erfolge erreicht, nennt sich Waterboarding."

Odin nickte und sah zu, wie die Spinne auf den Rücken gedreht wurde und ein Handtuch übers Gesicht gelegt bekam. Dann ließ Richard Wasser über den Stoff laufen.

Odin verstand nicht, was daran so schlimm sein sollte, aber die Spinne war völlig panisch. Immer wenn Richard das Handtuch entfernte, tat das Insekt gerade so, als wäre es kurz vorm Ersticken. Doch was Neues kam nicht, sie wiederholte nur das, was sie zuvor gesagt hatte.

Richard holte nun eine LKW-Batterie, befestigte das Kabel vom Minuspol an einem der rechten Beine und wiederholte dasselbe mit dem Kabel, welches am Pluspol angeschlossen war, auf der anderen Körperhälfte. Es blitze kurz, dann stieg Rauch auf und die Spinne war tot.

„Ups", kommentierte Richard das Geschehene. „Was soll ich ins Geständnis schreiben?"

Er bekam keine Antwort mehr, Odin hatte den Raum schon mit seiner Sektflasche verlassen. Im Gehen setzte er die Pulle an und trank sie in einem Zug leer.

„Die sind alle so schlecht und ich bin auch noch ihr Chef", sagte er resigniert zu sich selbst.

Auf dem Nachhauseweg fuhr der Gott der Unterwelt noch an einer Tankstelle vorbei und kaufte sich eine Flasche Whisky.

39

Als wir zurück an unserer Burg waren, fanden wir zu unserer Überraschung nicht nur Sepp vor, es waren auch Gott und Satan da. Thomas und Dieter, die sie noch nicht persönlich kannten, reagierten völlig unterschiedlich auf die beiden.

Thomas, ein gläubiger Katholik sank vor Gott auf die Knie und wollte gerade anfangen, ihm die Füße zu küssen, als dieser seinen Penis entblößte und dem am Boden kriechenden auf den Rücken urinierte.

„Gott, hast du wieder gesoffen?", fragte ich.

„Nee, war beim Arzt, meine Leberwerte sind so schlecht, er meinte, wenn ich weiter so viel Alkohol trinke, lebe ich nicht mehr lange."

„Aber du bist doch unsterblich", warf ich ein.

„Aber das muss ich ihm ja nicht auf die Nase binden. Deshalb habe ich seit meinem Arztbesuch keinen Tropfen mehr getrunken. Ich kiffe jetzt, ist viel gesünder."

Ich bezweifelte dies, auch glaubte ich der Abstinenz-Story nicht, schwieg aber.

Die Reaktion von Dieter auf Gott und Satan war ungläubiges Entsetzen. Er sah zu Satan, der gerade an einem Campingkocher die letzte seiner Chateou la Mondotte Flaschen in den Topf goss und zu Sepp lapidar sagte: „Zum Soße zusammenwichsen kannst du die Plörre nehmen. Weiß nicht, warum Rainer die drei anderen Flaschen mitgenommen hat. Trinken kann man die Brühe nicht."

„Rainer war da? Dachte, er liegt im Krankenhaus", fiel ich Satan ins Wort.

„Ach Blödsinn, du kennst ihn doch. Der braucht einen Notarzt, wenn er sich den Fingernagel eingerissen hat. Aber er wusste, wo ihr seid und konnte uns hernavigieren. Du kannst dir nicht vorstellen, was der für ein Theater auf dem Sozius gemacht hat. ‚Fahrt doch langsamer, die Straße ist nass, bla, bla, bla.'"

„Ihr seid selber gefahren? Ihr habt doch euren Führerschein abgeben müssen", glaubte ich mich zu erinnern.

„Du meinst diesen winzigen unbedeutenden Zwischenfall in Köln? Da haben die Bullen völlig überreagiert. Uns wegen so einer Lappalie den Lappen abnehmen zu wollen, lächerlich."

Ich wollte gerade erklären, dass der Vorfall kaum eine Lappalie gewesen war und die Beamten wohl kaum eine Wahl gehabt hatten, als die beiden mit ihren Harleys in einen Supermarkt hineingefahren waren, um dort Schnaps zu kaufen. Erschwerend war auch der Umstand, dass sie zu diesem Zeitpunkt schon 4 Promille hatten und so dicht waren, dass sie nicht einmal mehr hatten stehen können.

Aber ich kam nicht dazu, denn in diesem Moment stammelte Dieter: „Das ist ein 2016 Chateou la Mondotte, da kostet die Flasche 350 Euro."

Satan sah mich an. „Wer ist das?"

„Das ist Dieter", setzte ich an. Weiter kam ich nicht.

„Unwichtig, war eine rhetorische Frage", fuhr mir der Beelzebub ins Wort, um sich dann wegen seines Führerscheins weiter in Rage zu reden. „Dann wollten die doch allen Ernstes, dass wir wegen 4 Promille zu einer MPU gehen. Weißt du was das ist? Ein Idiotentest. Ich sagte zu denen: ‚Hört mal zu, ihr Flitzpiepen, ich fahre seit Jahrzehnten besoffen, jetzt wurde ich einmal erwischt. Wegen des einen Mals braucht ihr jetzt nicht so eine Show zu machen.' Dann fragte der doch allen Ernstes, wofür wir uns hielten und Gott schaute ihn böse an und sagte: ‚Das wissen sie nicht? Ich bin Gott.' Das hat mächtig Eindruck gemacht. Ich glaube, spätestens nächste Woche haben wir unsere Führerscheine wieder. So gesehen fahren wir auch nicht ohne, sondern kürzen nur den bürokratischen Ablauf ab."

Ich zweifelte zwar daran, war aber intelligent genug, meinen Mund zu halten.

Dieter, immer noch sauer wegen seines Weines, war dies nicht. Irgendwann würde er wieder aus der Besinnungslosigkeit erwachen und dann würde er wissen, dass Satan eine teuflisch gute rechte Gerade schlug.

Wir ließen ihn erst mal liegen und gingen in die Hütte. Odin hatte Rudi gebeten, Manfred zu befragen. Eigentlich wollte er zu diesem Zweck auch einen Mitarbeiter schicken, der uns bei der Befragung behilflich sein sollte. Aber Odin hatte sich diesbezüglich wieder umentschieden. Dieser Richard käme jetzt doch nicht.

Nach Stunden gaben wir es auf. Das Einzige, was Manfred sagte, war, dass er der Auserwählte sei. Buddy mutmaßte, dass er zu viel Harry Potter gelesen hatte.

40

Noch etwas Ungewöhnliches gab es an diesem Morgen. Auf den Gleisen, die unterhalb der Burg im Tal verliefen, kam ein Zug – genauer eine Dampflok. Die Frage, ob wir sie zuerst hörten oder uns deren Dampf, der im Tal stand, auffiel, konnten wir nicht klären. Fest stand nur, sie hielt beim Aufgang zur Burg an. Zu unser aller Überraschung sprang Tim aus dem Führerstand der Lok. Den meisten von uns war nicht einmal aufgefallen, dass er fehlte.

Wir rannten zu ihm, um das altertümliche Gefährt zu besichtigen. Jens war erleichtert, als er sah, dass jede Menge Kohle auf dem dafür vorgesehenen Wagen lag. Seine Bemühungen, Brennholz zu machen waren noch nicht weit gediehen. Was zum einen daran lag, dass er unmotiviert war, zum anderen, dass er stinkfaul war.

In dem Durcheinander war uns nicht aufgefallen das Gott und Satan nicht mit uns gekommen waren. Der Teufel hatte seine Frau angerufen und gebettelt, nach Hause zu dürfen. Die beiden Freunde waren echt keine Naturburschen. Während der Rest von uns den Zug bestaunte und die wunderschön möblierten Wagons besichtigten, stiegen die beiden auf ihre Harleys und fuhren nach Berlin zurück. Natürlich machten sie den Umweg übers Johanniskreuz und aßen auf dem Parkplatz, auf dem Hunderte Biker pausierten, eine Bratwurst.

Davon bekamen wir nichts mit, denn erst mal musste uns Tim haarklein berichten, wie er die Lok unter seine Gewalt gebracht hatte. Es war nach seiner Erzählung echt kein Hexenwerk gewesen. Das Teil, so sagte er, sei unverschlossen am Ende der Gleisstrecke gestanden, schwerer und länger sei die Internetrecherche gewesen, die es bedurfte, um den Lok in Bewegung zu versetzen. Ja und natürlich sei es von Vorteil gewesen, dass ein namenloses Mitglied der Lokführer Veteranen zur Geburtstagsparty eingeladen hatte und am Morgen, als Tim die Lok entführte, jeder von ihnen hackedicht im Bett lag.

Thomas als Kfz-Meister hatte in der Ausbildung schweißen gelernt und nun die ehrenvolle Aufgabe, in den Zug eine Gefängniszelle einzubauen.

Sepp hatte, wie er sagte, noch ein Elektroschweißgerät zu Hause in seiner Werkstatt.

Dieter, der eh nicht glücklich mit der Getränkeauswahl auf unserer Burg war, fuhr mit seinem altersschwachen Audi los, um teuren Rotwein aus Übersee zu kaufen und das Gerät bei Sepp zu holen. Ich rief ihm noch nach, dass er Metallstäbe im Bauhaus und eine Kiste Cola light mitbringen solle.

Zwei Stunden später kam Dieter zurück, mit Werkzeug, Maschinen und sündhaft teurem Rotwein, aber ohne zuckerfreien Softdrink für mich.

„Dieter, was soll das? Ich kann mir doch nicht von morgens bis abends Alkohol eingießen?", fragte ich meinen Freund.

Bevor er antworten konnte, warf Buddy ein: „Warum nicht, mache ich bei jedem Schachturnier, das ich spiele."

Da hatte er natürlich recht, aber er hatte auch nur eine dreistellige DWZ und da es hier um den Fortbestand unserer Welt ging, sollte man dies mit mehr Ernsthaftigkeit angehen.

In meine Gedanken hinein antwortete Dieter: „Erinnerst du dich an dein drittes Buch, wie du mich in dem Kirchturm sterben gelassen hast und jetzt soll ich dir deine Süßstoffplörre mitbringen, die nur du saufen willst?"

Ich wollte noch vieles sagen. Dass dies eine rein erfundene Geschichte sei, dass dieses Buch vor über zehn Jahren geschrieben worden war und so weiter. Gesagt habe ich: „Du blödes Arschloch."

Er grinst mich gehässig an. „Chio Chips ist immer noch deine Lieblingssorte?" Mit diesen Worten nahm er eine Tüte meines bevorzugten Abends-vorm-Fernseher-Snacks aus dem Kofferraum, warf ihn zu Boden und trat drauf.

„Sorry, die waren leider aus", verkündete er, während er seinen Absatz auf den krümelnden Überresten des Tüteninhalts drehte.

Die Stimmung war auf dem Tiefpunkt und da Dieter Sorge hatte, dass ich mich rächen könnte, half er lieber Jens beim Einbau der Zelle.

41

Am Nachmittag rief mich Rudi zu sich. Er lag auf dem höchsten Punkt des Bergfrieds und sah überrascht, aber auch schon etwas belustigt ins Tal, wo sich gerade drei schwer gepanzerte Limousinen die enge Straße am Bach entlang hochquälten. Flankiert wurden sie von mehreren Streifenwagen.

„Ob die zu uns wollen?"

„Dafür haben sie erstaunlich wenig Kavallerie bei sich", antwortete ich.

Aber tatsächlich, als sie an dem Abzweig in den Waldweg ankamen, der zu unserer Ruine führte, blinkten sie anständig und bogen in diesen ab.

Rudi erhob sich. „Dann wollen wir unsere Besucher mal begrüßen."

Wir kamen zeitgleich mit der Kolonne am Blockhaus vor der Burg an. Die Neuankömmlinge entstiegen ihren Fahrzeugen. Während die uniformierten Beamten sich um einen der Streifenwagen versammelten, kamen die drei Insassen der Luxuskarossen auf uns zu.

Die ältere Dame in einem geschmacklosen rosa Kostüm, Hornbrille und Hut erkannte ich sogar. Es war unsere Verteidigungsministerin. Ich erinnerte mich an das Bild in der Zeitung, wie sie in Frankreich ihren Antrittsbesuch machte und in ebenso einem Kostüm, das damals geblümt war, einem ehemaligen 4-Sterne-General der französischen Armee gegenüberstand. Das Bild der beiden Verteidigungsminister, zum einen der Zwei-Meter-Hüne in Uniform, Schulterklappen, geziert mit Sternen und zum anderen der etwas weniger als 1,60 Meter großen Frau im Blumenkleid und Strohhut, ging um die Welt.

Die anderen, die mit ihr gekommen waren, stellten sich als Innenminister von Baden-Württemberg und als der Staatsanwalt heraus, der gegen unsere vier – drücken wir es vornehm aus – Gäste Anklage erhoben hatte.

Die Ministerin ließ uns gar nicht erst zu Wort kommen. Sie hielt uns nicht mal einer Begrüßung für würdig, schon gar nicht, da mit ihr so unerhört umgegangen wurde. Was wir aus den ersten wirren Worten herleiten konnten, war, dass sie in ihrer Villa zu einer unchristlich frühen Uhrzeit – sie wusste nicht mehr, ob es 11 oder 12 Uhr gewesen war –, geweckt worden war.

„Und dann steht im großen Ballsaal ein Typ, mindestens zehn Meter, wallendes blondes Haar und nur mit so einem weißen Nachthemd bekleidet. Der sah aus wie Jesus für Arme. Bei ihm waren zwei Drachen, also bestimmt keine richtigen Drachen, denn solche Tiere gibt es ja nicht. Ich will sagen, er hatte zwei verkleidete Handlanger. Die Raudies haben mir die Vorhänge angezündet. Und ich sagte Jesus, dass er sich aus meiner Villa verpissen soll und ich erst mit ihm reden würde, wenn er was Anständiges angezogen hätte. Und dann, die Krönung der Respektlosigkeit, widersprach mir der Typ. Könnt ihr euch das vorstellen? Behauptet, das könne man an seinem Stab sehen, der wäre viel länger als der von Jesus. Dabei hatte er gar keinen in der Hand."

„Was hat Odin gesagt?", fiel Rudi der Ministerin ins Wort. An seinem Gesichtsausdruck konnte ich sehen, dass sein Geduldsfaden gefährlich gespannt war.

„Ja", fing sie wieder an zu quatschen, „der redete nur Blödsinn. Sie hätten noch eine Spinne gefunden und Richard hätte in seinem Folterkeller aus ihr herausbekommen, dass zur Rettung der Welt nur Manfred nötig sei, die anderen hätte es nur gebraucht, wenn sich keiner eingemischt hätte. Dann hat er gesagt, wir müssten die Gleise sperren und dafür sorgen, dass ihr mit dem Zug in Richtung Freiburg fahren könnt, ohne dass andere Züge eure Fahrt stoppen oder behindern. Dafür habe ich den Innenminister hier. Der Staatsanwalt ist für die reibungslose Übergabe der drei restlichen Entflohenen an die Beamten zuständig."

Und zu meiner grenzenlosen Verwunderung hörte sie von selbst auf zu reden. Nachdem wir die administrativen Dinge mit dem Innenminister geklärt und die drei Gefangenen an die Polizei übergeben hatten, verabschiedete sich die Ministerin mit den beruhigenden Worten, dass sie uns am nächsten Tag die Bundeswehr mit allem, was dem Heer zur Verfügung stand, zur Unterstützung senden würde.

Das, muss ich zugeben, machte mir echt Angst.

42

Die Polizisten nahmen aber nicht nur die Gefangenen mit, nein, sie brachten auch Tim zurück zu seinen Eltern. Im Laufe des Nachmittags kam am Fuße unseres Bergs ein roter Schienenbus an. Ein Zug, welcher mit Diesel fahren konnte, da es keine Oberleitung gab.

Die Fahrerin, eine rundliche Frau mittleren Alters, stieg zu uns auf, wobei Gesichtsfarbe und Atmung den Anschein vermittelten, dass unsere Ruine, vierzig Höhenmeter über dem Ort und den Gleisen, für sie der Everest sei. Um Luft ringend erklärte sie uns, dass die Frau Ministerin sich das mit der Dampflokomotive noch mal durch den Kopf gehen hätte lassen. Nach Recherchen, was man tun musste, um eine solche Lokomotive zu fahren, und dem Eindruck, den sie von unserer Gruppe von ihrem Besuch hatte, wäre es besser, uns ein einfacher zu bedienendes Gefährt zur Verfügung zu stellen. Stolz verkündete die Lokführerin, dass man bei diesem Zug nur den Hebel nach vorn und zurückziehen müsse. Dies sei idiotensicher, dazu würde der komplette Zugverkehr eingestellt und alle Weichen so gestellt werden, dass wir in jedem Fall ankommen würden.

Um uns zu beruhigen, wiederholte sie noch mal, dass es idiotensicher sei und ein Vierjähriger mit unterdurchschnittlicher Intelligenz das packen würde.

Sie ging und ich überlegte, ob ich beleidigt sein sollte. Dann sah ich zu Jens und Buddy, beide mit einem Bier in der Hand, die versuchten, abwechselnd jeweils die Fürze des anderen anzuzünden. Ich verwarf den Gedanken und füllte mir Wein nach.

Irgendwann im Laufe des Abends kam Dieter zu mir. Er konnte fast nicht mehr stehen, reden ging aber noch, nur die Aussprache war etwas feucht. Er fragte, ob nicht einer nüchtern bleiben sollte, um den Zug am nächsten Morgen zu fahren.

Im Prinzip gab ich ihm recht, doch ein Blick in die Runde verriet: Es war zu spät. Zwar wusste ich als fast allwissender

Erzähler nicht weshalb, aber ich war mir sicher, dass dies keine Rolle spielen würde.

Was indes fraglos als ungünstig zu bewerten war, war die Nachlässigkeit, dass wir Manfred, bevor wir ihn zurück in sein Brunnenverließ geworfen hatten, nicht anständig durchsucht hatten. Vielleicht hatten wir das auch, es waren inzwischen so viele Mächte am Werk, dass man sich nicht mehr sicher sein konnte. Fakt war – und der ließ sich auch nicht mehr ändern, als ich nach dem Austreten noch mal nach unserem Gefangenen sehen wollte –, dass sich dieser mit Hilfe einer gelben Kunststoffschnur an einer Öse an der Brunneninnenwand erhängt hatte.

43

Ungefähr zu dieser Zeit wurde Tim von der Polizei den Eltern übergeben. Obwohl das Familienauto und das Wohnmobil völlig zerstört waren, schien sein Vater erstaunlich ruhig.

Tim wusste, dass ihm wenig passieren würde. Sein Vater war Lehrer in einer Waldorfschule. Er würde ihm sagen, wie enttäuscht er von ihm sei, dann gäbe es etwas Hausarrest, welcher sich an der Playstation sitzend oder mit Fernsehschauen gut aushalten ließ.

Er stand trotzig im Wohnzimmer und erwartete seine Strafe. Dann passierte, womit er nie gerechnet hatte: Sein alter Herr warf all seine pädagogischen Vorsätze über Bord und legte ihn übers Knie. Tim fürchtete, nie mehr sitzen zu können und schrie vor Schmerzen.

Wäre dies nicht schlimm genug gewesen, sagte seine Mutter mit Tränen in den Augen, gerade so, als würde sie die Prügel einstecken: „Das tut uns mehr weh als dir."

Dann zog ihn sein Vater ins Kinderzimmer. Als Erstes warf er den Fernseher zu Boden. „Kein Fernsehen mehr!", verkündete er. Sein alter Herr nahm anschließend die Playstation und schlug sie so lange auf die Tischkante, bis sie zerbarst. „Und keine Playstation mehr!"

Als nächstes zog er den PC unter dem Tisch hervor. Tim hörte, wie die Kabel aus den Buchsen gerissen wurden. Mit den Worten „Und kein Internet", öffnete er das Fenster und warf das Gerät hinaus.

Jetzt sprach seine Mutter. „Dein Smartphone!"

Und als Tim nicht sofort reagierte, bekam er die erste Ohrfeige seines Lebens.

Hilflos musste er zusehen, wie sein Mobiltelefon unter dem Schuh seiner Mutter den Tod fand.

Im Gehen sagte sein Vater: „Du hast Stubenarrest, bis wir ein Internat gefunden haben, wo man dir Anstand und Demut beibringt."

Dann schloss er die Tür ab. Und jetzt, da Tim ganz alleine war, legte er sich aufs Bett und weinte. Er merkte nicht mal, dass das Deckenlicht in seinem Zimmer erlosch. Sein Vater hatte auch die Sicherung im Unterverteiler herausgedreht.

Tim wusste nicht, wie lange er auf dem Bett lag und sich selbst bemitleidete. Als er aufstand, war es bereits dunkel. Doch er hatte einen Entschluss gefasst.

Er nahm den Bettvorleger, rollte diesen zusammen und legte ihn unter die Bettdecke. Im Anschluss platzierte er seinen Fußball auf dem Kopfkissen, nahm einen Zettel und schrieb darauf: Seit heute habe ich keine Eltern mehr.

Dann stieg er aus dem Fenster und kletterte am Efeu hinunter. Vor dem Nachbarhaus stand ein Porsche, diesen schloss er kurz und machte sich auf den Weg zu einer Burgruine, von der er wusste, dass dort seine Freunde waren.

44

Wir staunten nicht schlecht, als wir uns am nächsten Tag auf den Weg machten, um zu unserem Zug hinunter ins Tal zu wandern und Tim vor dem Burgtor saß. „Sagt mal, seit wann schließt ihr abends ab?", wollte unser junger Freund wissen.

„Hattest du nicht in deinem Internetblog geschrieben, dass du an Efeu und Mauern hoch- und runterklettern kannst?" Rudi war ein ausgemachter Morgenmuffel, sogar schlimmer, als ich es war.

Mein Hausarzt lag mir schon seit Jahren damit in den Ohren, dass er mal wieder Blut abnehmen wollte, nur zu den unchristlichen Zeiten, die er vorschlug, konnte er dies vergessen. Aber das war nichts im Vergleich zu Rudi. Der konnte morgens richtig aggressiv werden, wenn er vor zehn Uhr geweckt wurde.

„Bist du doof? Siehst du hier irgendwo Efeu?" Wahrscheinlich wäre der Kleine gestorben, hätte Buddy sich nicht in dem Moment gemeldet.

Er drückte Tim einen Geldschein in die Hand und grummelte: „Geh zum Bäcker und hole Kaffee." Er nahm noch einen zweiten Schein aus dem Geldbeutel. „Viel Kaffee."

In diesem Moment hätte man eine Stecknadel fallen hören können und das, obwohl wir auf weichem Waldboden standen. Fassungslos, das soeben Gehörte nicht verstehend, sahen wir zu unserem Freund.

„Du meintest Bier?", hörte ich Jens stammelnd sagen. „Denn du hast dich gerade verquatscht. Du sagtest Kaffee."

Von der Tragweite dieser Bestellung unbeeindruckt rannte Tim los, um die Bestellung zu holen.

Wie sich herausstellte, hätte sich Buddy das Geld sparen können, denn als wir bei unserer kleinen Lokomotive ankamen, hatte sich dort der ganze Ort versammelt. Irgendwie hatte sich das Ziel unserer Mission über Nacht wie ein Lauffeuer rumgesprochen und so waren die Leute jetzt da, mit Proviant und Glücksbringern. Einige hatten sich sogar bereitgemacht, um mit uns in die Schlacht zu ziehen. Und natürlich war ein riesiges Frühstücksbuffet aufgebaut worden, weil keiner hungrig kämpfen sollte.

Ich setzte mich mit einem randvollen Teller zu Rudolph und Jens an den Tisch. Auf einmal war ich unglaublich müde, ich rang mit aller Macht damit, die Augen offenzuhalten und verlor. Als ich sie wieder öffnete, war alles leise um mich herum. Ich sah, wie Jens mit Rudi redete, auch andere in der Nähe waren in Gespräche vertieft. Ich blickte mich weiter um. Etwas abseits stand ein sehr alter Mann in einer Wehrmachtsuniform. Das war an und für sich schon sehr ungewöhnlich Mitte der zwanziger Jahre im einundzwanzigsten Jahrhundert. Auch war ich mir nicht klar, ob man dies heute noch tragen durfte. Der Alte winkte mich zu sich und da ich ihn nicht kannte, wandte ich mich erst mal um, ob er nicht einen anderen meinte. Doch er schüttelte nur den Kopf und zeigte mit seinem von Arthritis gekrümmten Zeigefinger auf mich. Außer mir schien keiner von dem Alten Notiz zu nehmen, also stand ich auf und ging zu ihm.

Als ich bei ihm war, nickte er mir zu. „Jetzt ist es also so weit." Er fragte dies nicht, er stellte es nüchtern fest. „Vor sehr langer Zeit hat mir jemand etwas gegeben, was für dich wichtig ist. Er sagte, dass die Zeit käme, in der das Überleben der Menschheit davon abhinge. Wenn die Polizei einen von euch mitnähme, müsste ich handeln, weil in diesem Moment die Geschichte aus dem Gleichgewicht gekommen sei. Komm mit, es liegt in meinem Haus."

Ich wandte mich zu meinen Freunden um, von meinem Weggehen hatte keiner Notiz genommen. Der Alte war inzwischen losgelaufen, er hatte gut zwanzig Meter Vorsprung. Ich folgte ihm. Sie würden schon nicht ohne mich losfahren.

Wir gingen zu einem schicken Haus an der Hauptstraße. Es war auffällig altertümlich: Fensterläden aus Holz, auf die Blumen gemalt waren, sie wurden von aus Messing gegossenen Haltern offen gehalten. Vor den viergeteilten Fenstern waren Blumenkästen, und nicht etwa solche aus

Kunststoff, die heute überall rumstanden, nein, auch diese waren aus Holz. Es wunderte mich, dass uns dieses wunderschöne Gebäude nicht aufgefallen war. Wir waren unzählige Male dort vorbeigekommen.

Er öffnete die Haustür mit einem Bartschlüssel und ich erinnerte mich, dass meine Oma einen solchen für die Kellertür gehabt hatte. Ein Wunder, dass die Einbrecher hier nicht ein und aus gingen. Er führte mich ins Wohnzimmer und bat mich, auf dem Sofa auf ihn zu warten. Es war alt, hatte Holzlehnen und war fürchterlich unbequem. Die Wände zierten Schwarz-Weiß-Fotografien, ein riesiger Röhrenfernseher stand in einem mit aufwendigen Schnitzereien verzierten Holzschrank.

Als mein Gastgeber zurückkam, hielt er in der Hand ein museumsreifes Gewehr und einen Brief. Was ich mit dem historischen Schießprügel sollte, erschloss sich mir nicht. Wenn ich Schusswaffen für notwendig erachtet hätte, dann hätte ich mir selbst eine besorgt.

„Ich war am Ende des Kriegs in einem Bunker am Westwall, gerade Mal zwanzig Kilometer von hier entfernt. Die Amerikaner kamen von hinten, wir hatten keine Chance. Ich und meine Kameraden waren uns einig und so flohen wir. Was mit ihnen passiert ist, weiß ich nicht. Ich sah sie nie wieder, aber ich habe nach dem Krieg auch nicht nach ihnen gesucht. Ich fand in einem Bauernhaus Zuflucht, so unglaublich es klingt, bei einem Franzosen. Ich fragte ihn mal, warum er mich damals versteckt hat, obwohl es eine enorme Gefahr für seine Frau, seine Kinder und nicht zuletzt für ihn selbst gewesen war. Er sagte, es sei mir vorbestimmt, dich zu treffen, das Wissen weiterzugeben, da dieses sonst durch die Zeit verloren gehen würde. Ohne dieses Wissen wären wir alle verloren. Wir wurden gute Freunde und besuchten uns oft und kurz vor seinem Tod gab er mir die beiden Dinge und sagte, wenn viele Fremde kämen und der Rhein kein Wasser mehr führen würde, dann solle ich das demjenigen geben, der mich sieht."

Damit ging der Greis zum Fernseher und schaltete ihn ein. Ich wunderte mich, warum er nicht wenigstens ein neues Gerät gekauft hatte, welches eine Fernbedienung hatte. Das leicht grieselige Bild zeigte den Rhein von der Ludwigshafener Seite. Rhein war in diesem Fall etwas irreführend, der Fluss war verschwunden und durch eine matschige hundert Meter breite Rinne ersetzt worden. In der Mitte zog sich ein kleines Rinnsal durch den Schlamm.

Fassungslos sah ich auf den Bildschirm und las den Text am unteren Rand: Das Erdbeben erreichte eine Stärke von 8,5 auf der Richterskala. Dies ist die schwerste Erschütterung im Gebiet der Bundesrepublik, die jemals gemessen wurde. Große Teile von Freiburg, Weil am Rhein und Lörrach auf deutscher Seite, Basel in der Schweiz und Mühlhausen in Frankreich sind völlig zerstört, die Zahl der Todesopfer geht in die Tausende, die der Verletzten in die Hunderttausende. Die Regierungen der von der Naturkaterstrophe betroffenen Länder haben den Notstand ausgerufen. Ein gewaltiger Erdrutsch versperrt das Flussbett des Rheins, es werden bei den Städten und Gemeinden am Bodensee erhebliche Hochwasser erwartet.

Während ich den Text las, ohne mir das Gelesene vorstellen oder es fassen zu können, hatte sich mein Gastgeber mit den Worten „Bernard, ich habe mein Versprechen eingehalten. Jetzt darf ich gehen" verabschiedet.

Als ich mich nun nach ihm umsah, war ich alleine im Raum. Ich rief noch zweimal „Hallo", aber der Alte antwortete nicht. Also nahm ich das Gewehr, steckte den Brief in die Hosentasche und verließ das Haus. Ich machte mich auf den Weg über die Straße zurück zu meinen Freunden. Als ich mich umdrehte, um noch einen Blick auf das wunderschöne Gebäude zu werfen, waren die Fenster vernagelt, der Putz war heruntergebröckelt und das Dach zumindest an einigen Stellen eingebrochen. Eine Tafel hing an der Wand und ich nahm mir die Zeit, zurückzugehen.

Dort stand: Hier wohnte Friedrich Hauck *1894 - +1982, Bürgermeister unserer Gemeinde und von 1952 bis 1982

Vorsitzender des von ihm gegründeten des Elsässisch pfälzischen Freundschaftsverein. Ich wachte auf und saß neben Rudi und Jens. Mein Kaffee war kalt und auf meinem Rührei tanzten die Fliegen. Ich glaubte schon, alles sei gut, doch zu meinen Füßen lag der Schießprügel und in meiner Hosentasche steckte der Brief.

45

Gott und Satan waren zurück in Berlin. Das Wetter war schön und so beschlossen die zwei Freunde, mit ihren Harleys zum Tegeler See zu fahren. Sie hatten dort ein kleines Grundstück direkt am Wasser. Auf dem Gelände befand sich eine Kleine Hütte, in der sie einen Kühlschrank und ihre Gartenmöbel untergebracht hatten. Davor standen ein gemauerter Grill und ein paar Holzbänke und Tische für den Fall, dass Freunde zu Besuch kamen. In dem Kühlschrank waren immer ein paar Bier und der Metzger, bei dem sie auf der Fahrt zu ihrem Grundstück vorbeikamen, hatte leckere Steaks. Es versprach ein toller Tag zu werden.

Sie hatten gerade ihr zweites Bier geöffnet, lagen oberkörperfrei auf den Liegen und sahen auf den See hinaus, als die erste Wolke am hellblauen Himmel erschien.

„Im Wetterbericht haben sie aber nichts von Regen gesagt", stellte der Fürst der Finsternis fest.

„Hm, nein. Vielleicht hat wieder ein Azubi an der Wettersteuerung rumgepfuscht. Ich schau mal nach", sagte Gott und stand auf. Er hatte sein Smartphone in der Lederjacke gelassen. Auf dem Weg zur Hütte, wo ihre abgelegte Kleidung lag, machte er einen kleinen Umweg zum Zaun des Nachbargrundstücks, um seine Blase zu leeren.

Wenig später lag er wieder auf der Liege neben seinem Freund und hatte nicht nur sein Telefon, sondern auch zwei neue Flaschen mitgebracht. In seinem Alter musste man sich seine Kräfte einteilen.

Gott öffnete die Wetterapp. „Nein, nichts, nur Sonne. Null Prozent Regenwahrscheinlichkeit. Hab ich selbst noch eingestellt, als wir losgefahren sind." Und nach einem Kontrollblick zum Himmel, an dem sich zu der einsamen weißen Wolke inzwischen gut ein Dutzend große in verschieden dunklen Grautönen dazugesellt hatten, mutmaßte er: „Vielleicht ein Bug? Ich schreibe am besten mal eine WhatsApp an unseren ITler. Er soll sich mal die Wettersteuerungssoftware ansehen."

„Nicht alles ist besser geworden. Früher hast du manuell viermal im Jahr grob das Wetter eingestellt und es passte, jetzt kannst du alles einstellen und es gibt Hochwasserkatastrophen, Dürren, Klimaerwärmung ... Was bringt uns die ganze Wettersteuerung, wenn dadurch alles schlechter wird?", sagte der Beelzebub und bewegte seinen massigen Körper aus der Liege, um den Pavillon aus der Hütte zu holen.

„Ja, aber das liegt an den ganzen Sonderwünschen. Jeder will warm und bloß keinen Regen. Ist doch klar, dass das schiefgeht. Wasser verdampft, wenn es warm ist und irgendwo muss das ganze wieder runter."

„Aber alles auf einen Fleck?", warf Satan ein, während er das Grundgestell zusammensteckte.

„Jetzt fängst du schon an wie deine Frau, die hat mir den Arsch aufgerissen wegen der paar toten Menschen." Hätte Gott sich in diesem Moment umgedreht oder wenigstens auf die eindeutigen Zeichen seines Freundes geachtet, hätte er den Mund gehalten, aber dies tat er nicht und so quatschte er munter weiter: „Regt sich künstlich auf, macht ein riesen Fass auf wegen Lappalien wie meiner Idee mit der Hexenverbrennung. Oder kannst du dich erinnern, wie sie abging, nur weil du auf die Idee mit der Pest kamst? Verdammt sie ist der Tod, das ganze Gerede, sie liebe die Menschen ... Blödsinn! Weißt du, was ich glaube? Es ist Futterneid, sie will sie alle selbst töten."

Satan gab den Versuch auf, seinen Kumpel unauffällig zu warnen und schlug sich resigniert mit der flachen Hand an die Stirn.

In diesem Moment ahnte Gott, dass etwas nicht stimmte.

„Steht sie hinter mir?", fragte er.

Der Teufel nickte.

Langsam wandte Gott sich um und da stand sie: groß, blond und wunderschön wie immer. Insgeheim bewunderte er sie, dass sie so kurz nach der Geburt ihres Kindes schon wieder so toll in Form war.

„Oh. Hallo Tod, wie lange bist du schon da? Das war alles nicht ernst gemeint, wir haben ein wenig gescherzt. Du weißt doch, man lästert ganz gerne mal über seinen Boss." Sie verzog keine Miene, aber die Temperatur war, als Gott sprach, um gut zehn Grad gesunken.

„Aber gut siehst du aus, richtig erholt. Schläft die Kleine inzwischen die Nacht durch?"

Sie sah ihn mitleidig an, nur Satan, der schon ein paar Jahrhunderte mit ihr verheiratet war, erkannte das fiese Grinsen seiner Liebsten. Sein Freund würde leiden, das würde richtig hässlich für ihn werden.

Dieser ahnte freilich nichts von dem, was auf ihn zukommen würde und war froh und erleichtert, als sie nun ihr Wort an sie beide richtete: „Habe ich mich in irgendeiner Form unklar ausgedrückt, als ich sagte, ihr sollt zu Rudolph und ihm helfen, die Menschheit zu retten?"

„Aber das bekommen sie selbst hin", unterbrach Satan seine Frau, doch sie gebot ihm mit erhobenem Zeigefinger, zu schweigen.

„Wenn ich mich klar artikuliert habe, wie kann es sein, dass ihr zwei Pfeifen hier am See liegt und Bier sauft? Rudolph und seine Truppe sind gerade dabei, das richtig zu versaubeuteln. Der fast allwissende Erzähler fällt auf einen Nazidämon rein. Der ist so dumm und glaubt, dass jemand, der diesem Regime abgeschworen hat und Fahnenflucht begangen hat, noch heute mit deren Uniform rumrennt. Da weiß keiner mehr, was er tut, und deswegen hatte ich dir", sie tippte nun bei jedem Wort mit dem Finger auf Satans Brust, „gesagt, du sollst dich darum kümmern. Und du hast mir versichert, du hättest vier Menschen zusammengeführt, die zusammen die Welt retten können."

Der Teufel nickte. „Ja, habe ich. Ich habe sie auf skurrile Art zu einer Schicksalsgemeinschaft zusammengeformt. Jeder von ihnen hat eine Aufgabe und zusammen retten sie die Welt und das Geniale von mir, sie wissen noch nicht mal was davon. Ich bin ein Genie."

„Ja, du Genie! Warst du gestern nicht vor Ort, als drei der Gruppe verhaftet wurden? Und war das Geniale nicht, dass es jeden der vier gebraucht hätte? Trotzdem, dass es dein eigener Plan war und dir die Auswirkungen von der Verhaftung bewusst sein mussten, dachtest du, das läuft schon, Auftrag erledigt, fahren wir mal zurück?"

„Nein, ich bin ja nicht dumm. Ich habe diesen Manfred schon mit Gedankenübertragung so programmiert, dass er die Aufgabe allein und ohne die anderen erledigen kann. Und ich habe das mit der Zukunfts-Vorherschau-App geprüft. Der Plan ist zu 100 % wasserdicht. Das läuft alles, mach dir keine Sorgen, es ist genial."

Der Tod funkelte ihn an und in eisiger, fast flüsternder Stimme sagte sie: „Ja, weil sich das 100 % deines wasserdichten genialen Plans heute Nacht in seinem Verließ erhängt hat."

„Oh, scheiße, dass ist ungünstig", entfuhr es Satan.

„Genau richtig. Oh scheiße, und jetzt fahrt ihr dorthin und bringt das in Ordnung! Und sorge dafür, dass die drei restlichen Mitglieder deiner Rettungstruppe eine normale Zukunft haben. Was ist das für ein toller Plan, eine Gruppe zusammenzuführen, der du das Leben zerstörst? Kläre das!"

Sie hatten schon ihre Bikerjacken an und wollten gerade auf ihre Maschinen steigen, als der Tod sein Wort noch einmal direkt an Gott richtete.

Ihre Stimme war eisig. „Dein Sommerurlaub, drei Wochen Motorradtour mit meinem Gatten durch die Alpen, geht leider nicht. In der Zeit gibt es eine Urlaubssperre."

Der Teufel klopfte seinem Freund mit einer Geste, die man mit „Das hast du dir verdient" deuten konnte, auf die Schulter. „Die Alpen laufen nicht weg. Nächstes Jahr können wir immer noch die Tour machen."

In diesem Moment sauste ein Meteor vom Himmel und schlug in die Harley von Gott ein. Das Motorrad zerbarst in tausend Teile.

„Ja und Homeoffice gibt es nicht mehr, du kommst wieder jeden Tag ins Büro. Wir finden schon ein stickiges Zimmer im

Keller. Und glaube bloß nicht, dass ich mit dir fertig bin, deine Unverschämtheiten haben noch ein Nachspiel!"

Als Gott bei Satan auf den Sozius aufstieg, flüsterte er seinem Freund zu: „Die spinnt doch, ich werde mich beim Betriebsrat über sie beschweren."

46

Ich hatte den Brief gelesen und mir wurde sofort klar, dass wir den Plan ändern mussten. Wenn wir es so machen würden, wie wir es vorhatten, würden wir alle in den sicheren Tod fahren. Ich rief den engsten Kreis bestehend aus Jens, Buddy und Rudi zusammen und schilderte ihnen, was in dem Brief stand.

Zugegeben, mein Französisch war schon etwas eingerostet, man kommt ja auch nach der Schulzeit so selten dazu, eine Fremdsprache zu sprechen. Aber sinngemäß stand dort, dass die Wassermassen sich hinter dem Erdrutsch immer weiter aufstauen, dieser natürliche Damm brechen und alle im Rheintal in den Fluten ertrinken würden. Der Schreiber folgerte daraus, da wir auf jeden Fall überleben mussten, dass wir uns auf einen Berg zurückziehen und dort warten sollten, bis die Flut durch wäre. Dann wäre die Zeit gekommen, zum Ort der Invasion zu fahren und diese zu stoppen.

„Das Klingt absolut logisch", stimmte Jens zu. „Steht da, ob unsere Burgruine hoch genug ist?"

„Du bist der fast allwissende Erzähler und kennst Ort und Zeit der Invasion", meinte Buddy indes. „Wenn du da keine Überschwemmung gesehen hast, dann gibt es sie auch nicht."

Am entspanntesten war Rudi. „Ich bin ein Krokodil, ab einem Meter Wasserhöhe wird selbstständig mit Schwimmbewegungen begonnen."

Beinahe wäre es zum Streit gekommen, hätten wir nicht in diesem Moment das laut knatternde Geräusch von Satans Harley gehört. Das arme Motorrad war am Ende seiner Belastbarkeit. Als wäre der schwer übergewichtige Fürst der Finsternis nicht schon genug für das arme Zweirad, so saß nun der nicht minder schwergewichtige Gott auf dem Sozius.

„Haben die Bullen euch nicht beiden die Pappe wegen Trunkenheit abgenommen?", fragte Jens Gott, als sie an unseren Tisch kamen. „Ist es Imagepflege, dass du dich an Recht und Gesetzt hältst und der Teufel sich über dieses hinwegsetzt?"

Ich glaubte, ein leichtes Grinsen im Gesicht des Beelzebubs erkannt zu haben. Gott riss mir grußlos den Brief aus der Hand und las ihn, dann gab er in wortlos an seinen Kumpel weiter. Der überflog ihn kurz und ließ ihn dann in Flammen aufgehen.

„Bist du doof?", fragte er mich. „Du solltest aus deinen Visionen die exakten Koordinaten und die genaue Zeit haben, und was machst du? Sitzt immer noch hier und redest über diesen Blödsinn. Hat einer von euch Hohlbirnen sich mal Gedanken gemacht, wo die ganze Erde für den Bergrutsch herkommen soll, die es schafft, den Rhein, zu stauen? War's vielleicht der Mount Everest? Der steht neuerdings im Schwarzwald, besser, er stand, denn er muss ja komplett in das Tal gerutscht sein", brüllte mich Satan an.

Aber damit hatte er die Rechnung ohne mich gemacht. Ich war jetzt auf 180 und brüllen konnte ich auch. „Wie redest du mit mir? Ist dir schon aufgefallen, dass du nichts mehr zu sagen hast, fetter alter Mann. Wir sind jetzt Gott und Teufel, und ihr beiden Dinosaurier seid nur Teilhaber an unserer Musikbar, weil wir nicht wollten, dass ihr zum Arbeitsamt müsst!"

„Ihr seid nur Gott und Satan, weil wir euch gelassen haben", entgegnete Gott. „Wir waren nah am Burnout und wollten mehr Zeit zum Motorradfahren. Finde mal jemanden, der bei dem Hungerlohn …"

Der Teufel fiel seinem Kumpel ins Wort: „Dafür haben wir jetzt keine Zeit. Wir fordern euch zum Rematch, aber jetzt zählt einzig, dass wir um 16 Uhr auf dieser Wiese bei Freiburg sein müssen. Das sind nicht einmal mehr zwei Stunden. Wenn wir das nicht schaffen, dann brauchen wir uns wegen eines Rematches keine Gedanken mehr zu machen."

Satan sah mich an und ich nickte, denn wenn ich ehrlich zu mir war, wusste ich, dass wir es verbockt hatten.

„Gut", sagte er. „Wir haben es eilig, der Zug als Transportmittel scheidet folglich aus. Rudolph, ich weiß, du magst es nicht, wenn man auf dir reitet, aber schaffst du es, unseren fast allwissenden Erzähler, Jens, Buddy, Gott und mich zu dieser Wiese zu bringen?"

Rudi überlegte kurz. „Bis zum Rhein muss ich rennen, da müsst ihr euch gut festhalten. Wenn ich erst mal im Wasser bin, sollten die restlichen Kilometer kein Problem sein."

Gott nahm mich zur Seite. „Hey, Satan hätte etwas diplomatischer sein können, aber der Geist, der dir erschienen ist, den solltest du aus jeder Doku zum Thema drittes Reich oder vom Geschichtsunterricht her kennen." Er hob mir das Gewehr hin, zeigte auf das in die Jahre gekommene Holz des Schafts und da stand es, kaum noch lesbar: H. Himmler.

„Den hättest du nun wirklich wiedererkennen müssen." Väterlich klopfte er mir auf die Schulter. „Komm, wir haben die Welt zu retten."

47

Rudolph rannte, wie er noch nie gerannt war. Die Erde erbebte, wo wir vorbeikamen. Zu unserer Rechten und Linken hörten wir Autoalarme und Fensterscheiben zu Bruch gehen.

Hätte es noch einen Beweis gebraucht, wie dumm ich war, so hatte ich diesen, als wir in Ludwigshafen ans Flussufer gelangten und – Überraschung! – der Rhein wie immer floss. Rudolph sollte recht behalten: Erst mal auf dem Wasser kamen wir schneller voran, und auch bequemer. Sein Rücken bewegte sich keinen Millimeter. Buddy, Gott, Satan und ich spielten Skat. Jens maulte, weil er es nicht kannte und daher nicht mitspielen konnte. Wir verrieten ihm nicht, dass mehr als vier eh nicht möglich waren.

Um 15:56 Uhr stieg Rudi am von uns aus linken Rheinufer aus dem Wasser. Es waren nur noch wenige Kilometer bis zu unserem Ziel.

„Alle festhalten!", brüllte er. Dann rannte er los.

War er zuvor schon schnell gewesen, so raste er nun. Sein lautes Schnaufen war ohrenbetäubend. In diesem Moment sah ich wieder, wie die riesige Metallschaufel durch mein Sichtfeld kratzte. Ich war im Inneren eines Raumschiffes und es musste schon gelandet sein, denn jetzt sah ich den blauen Himmel.

Da hörte ich eine Stimme. „Herr Kommandant, ich habe den Virus verbessert. Wir müssen nur einen infizieren, der Proband wird dann nicht mehr von seinen nichtinfizierten Artgenossen eliminierbar sein. Der Planet sollte binnen Wochen gesäubert und für uns besiedelbar sein."

Wieder erkannte ich die Baggerschaufel, nur diesmal schlug sie ins Sichtfeld ein. Ich sah Glas brechen und hörte den jubelnden Ruf „Wir sind frei!".

In diesem Moment hatte mir Gott den Inhalt seiner Thermoskanne ins Gesicht gekippt und ich erwachte. „Alter!", sagte ich. „Geht's noch? Du gießt mir lauwarmen Kaffee ins Gesicht?"

„Sorry, aber was anderes hatten wir auf die Schnelle nicht da."

„Egal, sie sind frei. Ein kleines Raumschiff und sie suchen einen Menschen, den sie infizieren können."

Wir standen vor einer großen Baugrube, es war nur ein Arbeiter da und dieser wollte wohl gerade Feierabend machen.

„Das trifft sich ja gut. Der Baggerführer wollte gerade aussteigen, aber als er Rudi gesehen hat, hat er die Tür gleich wieder zugeworfen", sagte Jens.

„Wir suchen ein kleines Raumschiff, hoffen wir, dass es noch da ist. Also los, suchen!", rief Satan.

Alle rutschten oder purzelten auf dem Schlamm in die Baugrube. Aber es war hoffnungslos, wir hatten es verbockt. Wir würden sie nie finden.

Jens sagte zu Buddy: „Halt kurz still. Da sitzt so ein Drecksvieh auf deinem Rücken." Dann schlug er zu.

Buddy brüllte „Autsch!", drehte sich um und mit einem gewaltigen rechten Schwinger schickte er Jens ins Land der Träume.

Das Vorletzte, was die Invasoren sahen, war, wie die Hand eines der kleineren Tiere dieser Spezies auf ihr Raumschiff einschlug. Sie waren schwer getroffen und flugunfähig. Außer Stande, etwas zu tun, stürzten sie ab.

Alle Instrumente blinkten, der Alarm war ohrenbetäubend. Manövrierunfähig und gerade so mit dem Leben davongekommen, sahen sie nun, wie der Kleinere der beiden auf sie zuflog. Er würde sie mit der Körpermitte treffen. Da war ein Querband und etwas rechteckig Goldenes.

Das Letzte, was sie sahen, war die Messingschnalle von Jens' Gürtel, die ihr Raumschiff traf und dies auf dem Kiesel, auf dem es gelandet war, zermalmte.

Ich wollte gerade zu Jens laufen und ihm aufhelfen, als mein Handy klingelte. Es war der Tod. Da musste ich rangehen.

„Ihr habt es geschafft!", brüllte sie jubelnd ins Telefon. „Ihr habt es wirklich geschafft! Die Vorhersage-App sagt für morgen nichts Ungewöhnliches an. Kommt nach Berlin. Das wird die Party des Jahrtausends. Ich ruf derweil Donald an, der wird kotzen!"

Ich musste zugeben, so aufgedreht hatte ich sie noch nie erlebt.

48

Eine Woche später trafen wir uns in Hassloch. Buddy, der einen LKW-Führerschein hatte, fuhr mit einem mit Bier beladenen Getränkelaster an.

Jens konnte leider nicht Minigolf spielen. Wie sich herausstellte, war er bei dem Sturz aufs Handgelenk gefallen und dieses war jetzt gebrochen.

Auch nicht dabei war Rudolph. Zum einen hatte er Schule, zum anderen passte seine Körpergröße einfach nicht zu diesem Spiel.

Auch der Tod war entschuldigt. Sie hatte keinen Babysitter gefunden und seit sie Mutter war, rührte sie eh keinen Alkohol mehr an. Sie wurde von Rainer vertreten.

Buddy und ich hatten größere Probleme, Jens zu ersetzen. In Ermangelung besserer Alternativen nahmen wir Dieter mit. Minigolf konnte er zwar nicht, aber er war trinkfest. Zu unserem Entsetzen war der Minigolfplatz abgerissen worden und einem Parkplatz für das benachbarte Freibad gewichen. Jetzt war guter Rat teuer.

Wir entschlossen uns, an einen Badesee in der Nähe zu fahren, den Bierlaster von seiner schweren Last zu befreien und den Rückkampf auf einen Termin zu verlegen, an dem wir eine würdige Bahn gefunden hätten.

Dieter erzählte, dass er einen Bericht auf ARTE gesehen habe, nach dem es in Berlin einen Lost Place Freizeitpark aus DDR-Zeiten geben solle. Dort könnten wir fündig werden.

Da keiner außer er ARTE sah, konnten wir dies weder bestätigen noch dementieren.

„Wie ist dein Verhältnis zum Tod?", wollte ich von Gott wissen. „Darfst du wieder Harley fahren?"

Er schwieg, aber sein Kumpel gab bereitwillig Auskunft. „Sie hat sich wieder beruhigt. Gut, das mit dem Homeoffice hat sich für uns erledigt. Der Pfarrer, der das Grundstück neben unserem hat, hat sich beim Tod beschwert, dass Gott seit Wochen durch den Zaun in seinen Garten pisst. Damit war ihr klar, dass beim Homeoffice nicht viel passiert und so ist die schöne Zeit des Nichtstuns vorbei und wir müssen wieder ins Büro. Aber unser Alpenurlaub steht bis auf eine winzige Reststrafe. Die wird Gott aber nicht erlassen." Satan hob mir sein Smartphone hin.

„Geil", sagte ich. „Ich will ein Foto, wenn er damit fährt."

Buddy war aufgestanden und hinter uns getreten. „Ich wusste gar nicht, dass Harley-Davidson rosa Maschinen verkauft?"

Epilog

Im Sommer fuhren Gott und Satan wie geplant durch die Alpen. Der Teufel hatte sich wieder vom Tod getrennt, es passte nicht zu seinem Image, als treusorgender Vater bei der Frau zu bleiben, die er geschwängert hatte.

Gerüchten zufolge soll Rainer kräftig am Werben sein, aber das interessierte die beiden Freunde nicht mehr. Sie hatten gekündigt und saßen, wenn sie gerade nicht mit dem Bike unterwegs waren, in ihrer Laube am See und pinkelten nun beide dem Pfarrer in den Garten, nur um zu zeigen, dass der Tod keine Macht mehr über sie hatte.

Um Gott nicht bloßzustellen, hatte sich Satan auch eine rosafarbige Harley gekauft. Dies sorgte für einiges an Häme und Spott, aber das war den beiden alten Rockern egal. Ob sie die homophoben Zeitgenossen auf die Schippe nehmen wollten oder vielleicht doch mehr dahintersteckte, wird ihr Geheimnis bleiben. Bekannt ist nur, dass sie seither immer ein Doppelzimmer nahmen.

Vielleicht hätte ich es als fast allwissender Erzähler wissen können, aber es geht mich nichts an.